紅樓文薈

第三屆全球華文作家論壇文集

胡衍南　主編

臺灣學生書局印行

日出東峰，跨界對話
──寫在「第三屆全球華文作家論壇」之前

胡衍南
臺灣師大全球華文寫作中心主任

　　2014 年起一連三屆舉辦「全球華文作家論壇」，對設在大學裡的寫作中心而言，既是明顯過勞的體力活，也是折磨心志的苦差事。然而很幸運，三年下來不但屢屢得到作家的無私響應，而且始終有熱心義工協助搭建舞臺，更別提來自四面八方、肩上揹著塞滿文學的包包、懷裡揣著一顆激越心情的讀者，用行動成為論壇的主人──我們，因此一路昂首挺立。

　　和前兩年比較起來，第三屆全球華文作家論壇，有幾個值得留意的細節。

　　首先，在主題演講人及作家論壇部分，我們開始邀請非華裔作家。今年的主題演講人是德國籍詩人、詩評家顧彬（Wolfgang Kubin），作家論壇也有一場是美國籍作家梅英東（Michael Meyer）。顧彬教授向來以其直率、敢言的性格，對中國古代文學研究、特別是對中國當代詩壇現象提出批評，其影響力無庸置疑；梅英東教授的非虛構寫作事業，使其成為繼何偉（Peter Hessler）

之後另一個吸引臺灣讀者的美籍作家，「梅英東論壇」在某個意義上，等於是一場非虛構寫作論壇。

其次，今年作家論壇的陣容仍為一時之選。除了前面提到的梅英東，向陽在臺語詩創作與詩學建構的成績傲視同輩；夏曼・藍波安的孤傲程度與國際知名度形成正比；朱天心毫無疑問是臺灣十幾年來最多爭議又最多讀者的小說家；阿來已經是未來也還會是中國大陸文壇的中流砥柱；蔡珠兒的散文幾乎征服臺灣不同性別不同世代的大部分讀者。六場作家論壇，加上袁哲生、邱妙津——兩位最令人不捨的「五年級」文壇慧星——紀念論壇，七場論壇的主角都有絕對的吸引力。

然而單憑作家一己魅力，尚不足以形成話題，為了提高每場論壇的張力，我們邀請更多不同世代的作家出任討論人。向陽論壇的唐捐和林婉瑜，分別是六〇後和七〇後詩風鮮明、辨識度極高的代表詩人，誰料他們如何看待頑童向陽？夏曼・藍波安、瓦歷斯・諾幹和巴代，大概就是臺灣原住民文壇的「三本柱」，我們約好要在這場論壇徹底檢視這一向的原住民文學，是吧，兄弟？梅英東論壇的顧玉玲和李志德，前者搞社運後者跑媒體，同時都是臺灣非虛構寫作圈最讓人刺眼的寫手，他們三個人如何聚焦？阿來論壇有臺灣第一位研究阿來的洪士惠教授，有大陸以非虛構寫作享有盛名的梁鴻教授，還有創作魔力簡直不可思議的甘耀明，誰知他們會不會從阿來聊到世界，再從無極回眸方寸？朱天心論壇有小他十歲、近年復出便好評不斷的朱國珍，還有根本不滿十八歲的北一女小學妹許瞳，三妹交會碰撞出的火花，可能連自己也不相信？蔡珠兒論壇的方梓和鍾怡雯，都是一代女性散文名家，從飲食到地域到文化，天曉得她們會不會連袂走下講臺，驀地闖入你的心裡直視你的生命？

不過最特別的也許是紀念論壇，胡晴舫、伊格言、黃崇凱都是袁哲生或邱妙津的友人，這麼多年過去了，要怎麼以論壇的形式去感覺早走一步的朋友？又，作為大陸新銳作家、卻在臺灣讀博士的張怡微，只能從作品去理解那個「五年級」的生命，她會怎麼參與這場紀念？

當然也有抱歉的地方，負責主持工作的學者們，其中陳義芝、鹿憶鹿、徐國能、須文蔚都是非常優秀的作家，很遺憾只能請他們自個兒找機會發揮了。

不能免俗，也不能省略的是——感謝臺灣師大張國恩校長、文學院陳登武院長，過去三年他們沒有干涉過寫作中心一件事，也盡其所能給了不少的經費支持，可惜我在這裡不能透露太多，否則校內其他中心就要找校長抗議了。另外，感謝文化部連續兩年補助全球華文作家論壇，人文及出版司朱瑞皓司長對藝文活動的慷慨，至少我覺得是很需要勇氣的。

這次論壇的籌備工作，主要是寫作中心研究員黃子純博士，帶著兩位碩士級兼任研究助理馬家融、簡嘉彤一點一滴完備起來的。針對這個文集的題目，她們分別很氣魄地提出「日出東峰」這個書名，也曾根據論壇的屬性提出「跨界對話」這個書名，雖然最後沒有採用，但我決定借來作為這篇序文的名字，以表示我對她們的肯定與感謝。搞一場大事業，需要眾人之力；搭一個小舞臺，幾個能幹的也就夠了。

紅樓文薈

第三屆全球華文作家論壇文集

目　次

夏曼・藍波安論壇

梅英東論壇

阿來論壇

朱天心論壇

Poetry as express mail – Towards the situation of poetry today
──Wolfgang Kubin（顧彬）

德國詩人、詩評家，德國翻譯家協會及德國作家協會成員，歐洲當代最重要的漢學家之一，以中國古典文學、中國現當代文學、中國思想史為主要研究領域，曾獲首屆中坤國際詩歌獎。主編有《東方向》、《袖珍漢學》等介紹亞洲、中國人文之雜誌。譯有《魯迅選集》六卷本等現代中國散文與中國詩歌作品。著有《二十世紀中國文學史》、《中國詩歌史》等學術專著。

At present it seems that the long novel is the only form that is commonly regarded as literature. Literature so it seems worldwide is the novel, the long novel. The essays, the dramas have stepped down. And the poem? It survives at the edge of society. People do not *read* poetry any more. So it seems to us. But strange enough there are poetry festivals taking place all over the world. Every year. How come? People might not want to *read* poetry, but want to *listen* to it. This is my experience in recent years when I was organizing poetry festivals in and outside of China.

It is the ear which wants to listen to the spoken lines of a poem; it is not so much the eye which is not prepared to recognize the beauty of words. How come? Hard to say. Perhaps listening is listening to the heart of a human being. What does it give expression to?

The German writer Martin Walser spoke recently in his novel "A Man in Love", a wonderful novel about old Goethe, of a poem as the express mail of the soul. But we do know that the subject of his narrative once declared poetry as a kind of sickness which one has to leave behind.

There are so many sayings about poetry that we can find in them everything that we are searching for. The Beijing literary critic Tang Xiaodu when entering the deepest crisis of his life started translating poetry and thus found the consolation he needed. The Berlin poet Joachim Sartorius once declared poetry as a gas station. It seems just as a car needs gas for running, a human soul needs a good line in order to function. I myself write poetry every day. If not I shall fall ill. A student of mine told me the story of her dying mother. The old woman lay in bed and could not move any more. She was memorizing the poetry she had learnt by heart when she was a youngster. Thus her soul survived her body.

Nowadays readers prefer novels. Why? A Bonn bookseller once told me people do not understand life any more. They have to be told how to hold a cup of coffee, how to sip their hot milk. This might be an exaggeration, but might be still true in some respect. Life meanwhile is too complicated. But if so why cannot poetry anymore compete with novels?

Poetry exists at the edge of society. A good poet in Germany only sells about 300 copies, on the mainland of China a volume of excellent poems might find 1000 to 3000 buyers. Why is this so? There are many new theories. One favors the idea that poetry lost its basis. Its basis used to be religion.

From a European point of view It was not the poet who spoke; it was a muse or a god who spoke through him or her. This changed by the end of the 18th century when the poets started to speak themselves or for themselves. But they might still keep an elevated voice. That is why Rainer Maria Rilke as a modern poet is still in such a high esteem worldwide. The sound of his poems sounds religious through and through. This is true for many other poets of his age. Not religious by nature they still seem to come close to poetry as a religious exercise. Poetry in history was able to replace religion for certain readers.

One could also assume that the contemporary poem is too far from society at present. One has the impression that it does not speak of concrete problems of a single person any more. According to Beijing based Ouyang Jianghe society is nowadays so complex that it needs the most complex language to express its difficult character. By this way it will and even has to lose the common reader, a reader who just wants to know how to hold a cup of Cola with two hands. Poetry, however, instructs more, it tells of the crisis of human existence in a very personal language.

And here we find the real problem of poetical creation today. Be they German or Chinese the poets have a voice of their own, they mould a total new language that we cannot find in a dictionary, that we cannot get explained by specialists, that even the creator is not able to analyze to us its meaning.

This is quite different from a contemporary novel which tells stories more or less known to us in a way that we sometimes have the feeling we could have written all the novels ourselves if we only would have had the time for them and the wish for doing so.

In former times the voice of a poet was the common voice, the voice of all, the voice of a muse, the voice of God, the voice of a community. This changed totally with modernity. The modern poet is his / her own God, Muse and whatsoever. So we have difficulties to understand their kind of private language. The contemporary poet / poetess do not represent anyone else except for himself / herself anymore. That is why a poet like Bei Dao says two or three listeners of his public readings are enough.

Be it as it were herein lies hope, too. The poets of nowadays have no chance to sell themselves to the markets. Literature as the big novel is meanwhile totally commercialized, be it US, Germany or China. The writers of prose have to give in. The publishing houses are changing the novels according to their commercial or ideological needs. Mo Yan and Jiang Rong are the most obvious examples on the American book market. It is not the translator any more who decides the final form of his / her translation, it is the publisher. And you have to go with it. Publish it the way the publishing house wants it or you parish.

This is quite different from the situation of the poets. They and their translators are free, as soon as someone is willing to publish what flowing out of a poetical workshop does not really sell. Even on the mainland many poems go uncensored because no one understands their political implication. This is why I always in Beijing and elsewhere maintain that the poem is the only and last home of truth. Do not misunderstand me: The long novel is a lie because it has to obey to the market; the poem has no other obligation as itself. As such it harbors the last truth of humankind.

Allow me to repeat myself: Reading with one's eyes is an art, but listening as the German philosopher Hans Georg Gadamer once said is also an art. Thus the question is how do we read a poem, how to we listen to a poem? Many readers or listeners of modern poetry complain about the difficulty of the content of modern verses. But good poetry is more than the meaning of words; it is first of all the sound and the rhythm, not to speak of rhyme or assonance.

What the eyes cannot see when reading, can the ears hearing when listening. This is the reason why many festivals are crowded and the crowds are clinging to the lips of the poets. Reading is not hearing and hearing is not listening. It is the sound, not the content that makes a poem alive. It is the voice that digs out of a line its deepest layer. The eye is not able to do so. Very often I discovered that a line read by my eyes did not speak to me, but a line read by someone in public responded to my heart and soul.

Reading is translating. When reading we translate our eyes into our voice. China actually has a long history of reading, but it seems that this long history got lost. Many Chinese poets are not able to read their poetry in public and convince their auditorium of the beauty of their language. Sometimes it seems to me even they, not only their readers are very far away from what they write or wrote. Is it possible that they are strangers of themselves? Probably yes.

Sometimes when listening to a good poem read by any author in Germany, I am totally disappointed. I might ask then to be allowed to read it in public again my way to give it the glamour it needs. I think I am successful every time I reread an author in Bonn where we have readings all over the year with German and Chinese poets.

What do I mean? A poet has to be a translator in many respects. Not only of his / her eyes into his / her own words. Excellent poets have to be excellent translators. They are as we know the poet's poet. In this sense they are and have to be international. Saying this I mean good Chinese poetry can never be Chinese again, it has to go beyond China, otherwise it is only of local kind and uninteresting.

This is an issue that is not really recognized in China. I have been to many poetry festivals on the mainland and on Taiwan in recent years. But what the majority of Chinese poets presented was a kind of amalgam of very conventional Chinese poetry that everyone can write in free time. I shall never do so, so I could do it in Chinese.

Poetry if it is real poetry has to be radical modern. For this it needs the international touch. What does international mean? Since Ezra Pound poetry is "Chinese", since Feng Zhi poetry is "German". Since Wai-lim Yip's great translation work Chinese poets just know how to write modern poetry.

In this respect contemporary Chinese poets are just translators of translators as Yang Lian, Bei Dao, Chen Li or Wang Jiaxin. But in the good sense of the word. They have understood what true poetry now is: a kind of silent working together with modern poets of the past and the present, wherever they were or even still are.

Are contemporary poets doomed to "death"? No, they are not. All of them will come to life after certain years, if not recognized or overseen now. Good literature, as contemporary German literary criticism puts it, will educate its own readers. There are many examples. Paul Celan is one of them. No German reader understands him, but he has a big readership in China. How come? Translating him is interpreting him. A translating interpretation is making him alive in China. Germany might need such a kind of translation, too. So just learn from Wang Jiaxin and Chen Li.

Wald und Wiesen

向陽

論壇

主持人
　陳義芝

發表人／題目
　向陽
　　時間・空間與人間：
　　我的詩探索

討論人／題目
　唐捐
　　銀杏家紋
　林婉瑜
　　光合作用──讀向陽詩

陳義芝

時間・空間與人間：我的詩探索──向陽

本名林淇瀁，詩人，臺北教育大學臺文所教授。以報導文學、文學傳播、臺語文學、文化研究、現代詩、臺灣新聞史、臺灣文學思潮為主要研究領域。早期學術專攻日本文學，投身報業後進而研究文學傳播與報導文學，近期則專注於臺灣文學思潮論述，並致力精編臺灣各類詩文選本。著有《書寫與拼圖：臺灣文學傳播現象研究》、《照見人間不平：臺灣報導文學史論》、《場域與景觀：臺灣文學傳播現象再探》等學術論著，《我們其實不需要住所》、《旅人的夢》等散文集、《鏡底內的囡仔》、《亂》等詩集。

　　臺灣的新詩發展，從 1920 年代算起迄今已近百年，百年來各個世代的詩人和他們的詩作，共同蘊蔚了一方特屬於臺灣的詩的蒼穹，眾星閃爍，各有各的光點；在不同的年代中，詩人以作品彰顯他們自身的位置，書寫他們內在的情意志，傳布他們和歷史賽跑、和時代競走的美學信念和創造。

　　在這座星空下，作為一個出現於 1970 年代的寫詩者，我個人在詩創作上的表現，相形之下是卑微的。儘管十三歲時我背誦並抄寫屈原的《離騷》，幼稚地發願，要以一生來成就詩人之夢，並在其後顛躓半生，寫了一些作品；老來自我檢視，甚感汗顏，自知漫漫長路，仍需上下求索。

　　我出生於 1950 年代臺灣的中部山村，鄉民多務農，以作山、作林、作茶、作田為業，六歲時父母在小村街上開設「凍頂茶行」，半爿賣茶、半爿賣書。從小學三年級之後，我大量閱讀店內販售的書籍，無分古今、中外與雅俗，因而提早開啟了我閱讀與接觸文學的視窗。國小畢業時，店中所賣之書已無法滿足我的閱讀慾望，轉而以閱讀書目、劃撥購買方式，向臺北市重慶南路眾多書店、出版社郵購新書，以文史哲三類為主要範圍。年少時的閱讀經驗，多少奠定了其後讓我走上文學創作之路的基礎。

　　從 1950 到 1960 年代的臺灣，百廢待舉，是典型的農業經濟社會，但在政治上則是國民黨一黨威權統治的年代，舉凡憲法賦予人民的自由盡遭限制，言論、著作及出版之自由當然遭到剝奪，更無論集會及結社自由了。因此，從小學到高中，我所接受的教育就是黨國教育，熟知於中國而盲視於立足的臺灣。直到大學之後，半因閱讀範圍的駁雜，有機會接觸禁書，半因有意識的詩創作與發表，而開始質疑我所接受的黨國教育內容，並逐步走

回生身的土地，認真思考我的詩和土地、人民與社會的關係。

　　1973 年 9 月，我從貧瘠的山村來到臺北，進入中國文化學院日文組就讀。大三時我已擁有粗淺的日文閱讀能力，在圖書館中接觸到日治年代的臺灣新文學雜誌，讀到追風、楊華的詩，賴和、楊逵的小說，方才知道日治時期的臺灣自有一個新文學傳統，而非僅止於「五四文學」的傳統；其後繼續閱讀，又發現早在 1930 年代的臺灣，就有左翼作家鼓吹「臺灣話文」，要在日文和中文的細縫中寫出臺灣人的語言……。這些「發現」，都讓當時仍相信黨國神話的我受到震撼，因而對我的詩創作和這塊土地歷史的關係有所反省。

　　正是在這雙重的省思下，我以嚴肅的心情面對我的書寫。1975 年 9 月，我被大學詩友推為華岡詩社社長，也同時展開比較有系統的詩創作與發表；1977 年 4 月，我出版了第一本詩集《銀杏的仰望》，初步展現了我當時的創作成果和省思。

　　嚴格地說，《銀杏的仰望》只是一個年輕寫詩者學步的初階，但其中有兩輯作品則相對鮮明地昭示了我對當年臺灣詩壇與政治正確的「反動」：一是違逆當時現代主義反格律、反韻律主流的「十行詩」，另一則是違逆當時國語運動不准說、寫方言禁忌的「方言詩」書寫。

　　對當時年輕的我來說，「十行詩」有我少年時期迷戀《離騷》，其後接續《詩經》、古詩、唐詩、宋詞、元曲的印記。從閱讀與背誦中國古典詩詞的經驗中建立起來的素樸詩學，提醒我，當年被視為理所當然的「中國現代詩」反格律、反韻律的「現代主義」主流未必為是，因而執意反其道而行，去實驗一個在形式上有所約束、在語言上錘鍊音韻的新的現代詩。從寫於

1974 年的第一首〈聽雨〉開始，直到 1984 完成的〈觀念〉，前後約十年，共得七十二首，最後統整為《十行集》出版，標誌了我與同年代詩人較不一樣的特色。

「方言詩」置於 1970 年代的語文情境中，則是更大膽的「反動」，那是一個只能稱為「方言詩」的政治環境，臺語受到禁錮，非獨文學創作，就是流行歌、布袋戲亦然，更無庸說大眾媒體（在文學為副刊、文學雜誌）。當年我寫臺語詩，一開頭的思維其實相當單純，就是「想藉詩來代父親說話，來探詢父親的生命」，以我的喉舌說父祖的語言，以我的筆寫父祖的詩，因此雖然面對詩稿不為主流媒體刊登、幾乎無處發表，依然樂此不疲；雖然接獲政治警告，也依然無所畏懼。這一系列的臺語詩，從 1976 年在《笠》詩刊發表的《家譜：血親篇》，到 1985 年發表的〈在公佈欄下腳〉，合共三十六首，集為《土地的歌》出版，也標誌了我與同年代詩人相異的詩風。

對我來說，十行詩和臺語詩是我在詩的路途上的第一階段探索，如鳥之雙翼，缺一而不可。十行詩延續的是來自中文的文化傳統，臺語詩則試圖追溯並深化臺灣的語言與文化傳統，連同臺灣土地的認同——在我年輕時期的詩的探索道路上，這兩者都是滋養與灌溉我的文學生命的要素。

我的詩探索的第二個階段，與 1985 年赴美國愛荷華大學參加「國際寫作計畫」（International Writing Program）有關。當年 9-11 月與來自不同國家作家接觸的經驗，讓我開始思考作為一個臺灣詩人（而非單一詩人）的特色為何的課題。我決定以「四季」為主題，以在臺灣民間仍屬季節辨識符號的二十四節氣來寫詩，表現「臺灣這個大洋中的島嶼，所能奉獻給世界的獨特的風土色

彩」，並表現 1980 年代臺灣的多重形貌。1986 年，以《四季》為名的詩集在臺灣出版，其後分別被翻譯成英文（陶忘機譯，全書）、日文（三木直大譯，部分）、瑞典文（馬悅然譯，單篇），多少說明了這個探索我的詩與臺灣風土之關聯的嘗試是可行的。

　　我的四季詩，基本上是前階段十行詩和臺語詩創作的融會與轉化。收在《四季》的二十四首節氣詩作，每首均為兩段各十行，維持著我對格律形式的偏愛，題材則延續《土地的歌》，以臺灣的風物、自然、環境、都市、社會、政治……為對象，或歌詠、或鋪排、或反諷、或直陳，來寫 1980 年代的臺灣土地的歌。如果說，十行詩和臺語詩是我對文化和土地的探索，四季詩就是我對臺灣的歲月（時間）容顏的刻繪。其中有著時間、空間和人間在我的詩中映照出來的影像。

　　1985 年之後，源於我在自立晚報的工作改變，1987 年由副刊主編轉任報社總編輯，工作量繁增，責任加重；而當時的臺灣也處於開始劇烈而快速翻身、轉變的大轉捩期，1986 年民進黨成立、1987 年解除戒嚴，以及隨之而來的政治、社會運動頻繁。這兩個因素，都使我沒有餘閒、也沒有餘力寫詩。再加上 1994 年我原來服務的自立報系經營出現問題，我的人生面臨巨大轉折，我乃考入政大新聞系博士班，從學徒開始我的研究生涯。這樣的轉折使我詩作銳減，直到 2005 年才出版了新的詩集《亂》，算起來這本詩集總共寫了十六年。

　　《亂》是我詩探索的第三個階段。有別於前兩個階段的形式堅持，在這本詩集中展開的是和臺灣社會進程呼應的新的語言策略。我已不再執著於「純」中文、「純」臺文的書寫，從生活

中，也從日常的話語中，我嘗試以更符合臺灣後殖民語境的「混語」（Creole）書寫來呈現解嚴後臺灣的社會真實。解嚴後的臺灣，華語和臺語相互對立的語境已然不再，雙語（乃至三語）混用的現象在各個場合自然可見，於是我試圖將這種可稱為「新臺語」的語言放入詩作之中，既對應時空，也反映新的語文，例如〈咬舌詩〉，就混用華語、臺語，讓兩者融容於一；例如〈發現□□〉，我以□□做為符號的置換與虛擬，寫臺灣的認同混亂和國際社會的缺席；例如〈一首被撕裂的詩〉，寫二二八，我將詩句特意斷裂，隱喻歷史記憶的斷裂和史料的闕如（均以□□□□□出之），容得讀者的拼貼與鑲嵌……。

　　一如詩集名稱《亂》，我的詩、我的人生與書寫時我所身處的臺灣社會，也都是一團混亂的。這個階段的我的詩，就是我和變動的臺灣社會亂象的對話，是我以詩映現我所處的時間、空間與人間的聲軌。詩集出版時，我已半百；詩集出版後，於 2007 年獲得臺灣文學獎新詩金典獎。想到十三歲時讀的《離騷》，「亂」在末章，這才驚覺，我的人生之路、我的詩探索，居然早已前定，迴環在土地/歷史/社會/政治/人民的歧路之中，追索一頭白鹿。

　　慚愧的是，以半生時光書寫，僅得《十行集》、《土地的歌》、《四季》與《亂》這四本比較滿意的詩集，只能說自己歲月荒弛、大夢愧殘了。這四本詩集，清晰標誌了我在三個不同階段中探索詩路的里程，題材、語言都各自不同；相同的是，它們都是我環繞在這塊土地的思維上，出之以詩，對時間、空間與人間的真實映照。更進一步說，這四本詩集儘管語言技巧上可以看到現代主義的洗禮，但在美學上或精神上則都指向現實主義，而

我至今仍以此為標竿，持續奮進中。

　　另外一個共同點是，我年輕時期執著的格律與形式，也仍延貫在多數詩篇之內，不僅是作為一種區辨，同時也是作為一種特質。我的詩，多半流動著語言的韻律，為不同的作曲家青睞，即使是敘事性甚強而又出以臺語的《土地的歌》，已有簡上仁〈阿爸的飯包〉、蕭泰然〈阿母的頭鬘〉譜曲傳唱，另有十首左右由作曲家石青如譜曲，由福爾摩沙合唱團於國家音樂廳演唱；寫於《亂》中的臺語詩〈世界恬靜落來的時〉，發表至今，先後有冉天豪《渭水春風》音樂劇、劉育真、游博能、黃立綺的合唱曲，以及三位學院派作曲家賴德和、潘皇龍與陳瓊瑜的藝術歌曲詮釋；另一首〈秋風讀未出阮的相思〉則由冉天豪譜曲，獲得金曲獎傳藝類最佳作詞人獎。音韻的錘鍊、調節與掌握，是我寫詩一貫的自我要求。

　　從 2005 年出版詩集《亂》迄今，又十一個年頭過去。在這個階段中，我的詩選譯本分別由日本學者三木直大日譯為《乱：向陽詩集》，由東京思潮社出版（2009）、美國漢學家陶忘機（John Balcom）英譯為《Grass Roots》，由美國 Zephyr Press 出版（2014）。而我的生活已在學院之中，相較於前兩個階段置身於媒體，參與並觀察臺灣政治、社會的巨大轉捩，學院的生活規律而欠缺刺激；加上臺灣民主政治漸趨穩定，認同問題也已不再如解嚴前後那般對立，我的詩探索也開始轉向臺灣土地、自然與景觀的書寫。在我名之為「地誌詩」的詩篇中，通過詩，我希望能夠不僅書寫臺灣各地方的地貌地景，同時也深化隱藏於地貌地景之後的歷史與人文。詩，作為與空間的對話，不只觸探空間，而同時又能深掘時間的紋路與人間的悲喜。目前這一系列的詩作

已大半完成，相信近期內應可出版。

　　我已準備多年、尚待著筆的，則是二十二歲時接受聯合副刊編輯田新彬訪問時發下的豪語，以臺灣史為背景，寫出一部長篇敘事的《台灣史詩》。這是我的自我砥礪，也是對個人詩探索路程的最華奢、最嚴肅的夢想。1979 年我以霧社事件為底本寫的敘事詩〈霧社〉是篇試驗之作，此後即無他作，真是慚愧。從《離騷》啟開的詩門，經過半世紀的詩途跋涉，現在應該也是我拚搏餘生，完成這個夢想的時刻了。

銀杏家紋——唐捐

本名劉正忠，詩人、散文家、文學評論者，臺灣大學中文系副教授。創作文類以詩及散文為主，兼及文學論述，詩文風格奇詭，獨樹一格。曾獲全國學生文學獎、中央日報文學獎、時報文學獎等殊榮。以中國現代文學、臺灣當代文學為主要研究領域。著有《現代散文之旅》、《現代漢詩的魔怪書寫》等學術專著，《蚱哭蜢笑王子面》、《金臂勾》、《義氣草》等詩集，《世界病時我亦病》、《大規模的沈默》等散文集。

　　向陽的第一本詩集《銀杏的仰望》（1977 年 4 月），出奇的豐富，彷彿蘊藏了好幾顆種籽。「臺語詩」雖僅七首，但包含了最出名的〈阿爹的便當〉（1976）、〈做布袋戲的姐夫〉（1976）等名作，風格技法已經確立。還有「十行詩」二十首，一律採用「5+5」的格式，重視均衡，製造跌宕，形成奇數與偶數相互搭配的美感。此外還有「念奴嬌」、「調寄」兩輯，試驗了古詩詞的藻飾與情調。「山海經」、「河悲」進一步展現了文言中國與現實臺灣相互疊合的時代風尚。

　　然而標題詩〈銀杏的仰望〉，已埋下了一個極可貴的主象徵：「銀杏」。詩人不無驕傲地說：「銀杏而為林，僅見於南投縣鹿谷鄉溪頭──我的故鄉。」也正是這樣強烈、早發、自覺的「故鄉意識」，使詩人在充滿迷霧的變幻年代，以自己的方式參與了詩史的「回歸」風潮。向陽起步的時候，臺灣現代詩已經頗為燦爛了。向陽最初學的，大抵即是余光中、楊牧的範式。這兩位出身外文系的前輩詩人，以現代漢語改造英詩體裁，使一種音節均衡的詩行格式趨於成熟。

　　余楊範式在 1970 年代是頗具影響力的，可以簡稱為抒情現代派。《銀杏的仰望》裡有幾個極為彰顯的特徵，一是多用古典詞語，二是頗具抒情傾向，三是常採格律化的形式。凡此種種，都可以看出向陽早期的路數。幸運的是，他在開始起步的幾年，很快便熟習了這種分行斷句，調配音節，起興與謀篇的技術。因而能夠以這套技術為基本功，逐漸去開發屬於自己的主題與風格。第一本詩集當然不能臻於完美，但預示了許多可能，算是極好的起頭。

　　接下的《種籽》（1980 年 4 月），則有雙重意義，一層僅是

餘波，另一層則是深化。前者如輯一「暗中的玫瑰」之中，多首新豆腐干體，雖有好的內涵，形式上似乎剪茸太甚了。後者如輯五「鄉里紀事」之中，十四首臺語詩，比前集更繁複多樣。此外，此集繼續發展十行詩，似乎越寫越順手。幾年後，《十行集》（1984 年 7 月）、《土地的歌》（1985 年 8 月）的出版，標誌著縣亙十年的兩大系列之完結。這兩部詩集都十分堅實而精緻，初步確立了詩人在詩史的位置。如要論其源頭，則不得不到《銀杏》去找。用十年經營完足的詩意與形式，那自然是極其鄭重的。

向陽的臺語詩，不僅著力於運用那些活在口舌上的「語」，還特別融入經錘鍊過的「文」。因而既放縱得出去，能夠深入當代民間的愛恨；同時還收得回來，保有詩的堅實與曲折。我們不能太輕易的把「臺語」和「華語」對立起來，事實上，它們都是漢語的重要構成。對於開發漢語的豐蘊潛能，臺語能做的貢獻，實比想像中還要大，有時還能為華語之所不能為。何況再添入語言所附著的時空因素，便能更有效地扣觸一種現實感，形成兼具文化縱深與土地溫度的詩學。

「十行詩」固然精美而且靈動，頗有成就，畢竟屬於小品，僅能表現較局部的生活感興。倒是從中所練就的文字功力，施於長篇敘事詩，卻有可觀。《歲月》（1985 年 6 月）裡〈霧社〉（1980）敘寫莫那魯道抗日史事，長達 340 行，居然沒有鬆散掉。詩人在敘事之際，頗具形式上的自覺，又講究音節與字詞在每一詩行的均衡。因此，情節被推動了，詩意仍然能保持飽滿。除此之外，在當時趨於古典敘事的潮流中，這首「臺灣敘事」也算自成一格，在主題拓展、詩意掘發上都有可觀。

　　第六本詩集《四季》（1986 年 12 月）的出版，是在重整了先前的系列創作，並自愛荷華歸來之後。詩人自覺到「第一階段詩之生命的結束」，正要展開重生。後記裡有段耐人尋味的話：「在力求突破古典中國的文學四季，創造現代臺灣的現實四季之過程中，我無愧於我心。」事實上，從年少以來，向陽即一再展現對於古典文字中國的喜好與涵養，即便此集，亦不例外。在文白調配上，在字質拿捏上，其功力可能超越一般出身於中文系的詩人。

　　「十行集」傾向古典，「土地的歌」傾向現實，詩人似乎是這樣自我界定的。事實上，向陽的「個人詩史」具有雙源頭。在鹿谷小村、竹山小鎮度過的少年時光、家族故事，以及由此而來的鄉里情結，這是一個源頭。十三歲起鈔謄〈離騷〉，吟誦與猜想，此後濡染《莊子》、唐詩，這些舊文學涵養是另一個源頭。不過，十行詩裡其實不乏臺灣城鄉經驗，臺語詩裡也有濃厚的存古之意。因此，雙源頭之交會由來已久，只是沒有那麼自覺。

　　《四季》的體式不拘一格，如〈大暑〉採用特殊的對位法，但主要則為新金鑄「無韵體」（blank verse），依然講究音節的大致均衡，但更傾向於一氣呵成，綿延到底（有時仍局部用韵）。在「文」與「白」兩端擺盪的幅度也更加大膽而自信，臺灣風土與漢字身世有了更為渾融精美的結合。其中〈霜降〉一詩，將華、臺、日語混合運用，早已實現了今日所謂以「混搭語」寫詩的技法──這種技法在後來的《亂》裡有更多展現。其他諸篇，雖沒有這般刻意，但同樣極為靈活的調動詩語，很耐精讀。在看似無格律中展現一種高超的自律，堪稱詩藝上的一大巔峰。

　　除了豐富的創作之外，向陽還參與創辦陽光小集、主編自立

副刊、涉身本土運動，兩者齊頭並進。因此，他的詩史意義，還在於樹立「書寫／踐履」雙重性的詩人典型。如果說 1970 年代的詩史主潮是「回歸」，1980 年代的主潮應為「轉換」。回歸只是大方向，歸宿有時還是渾沌未明的。依時序細讀向陽最初的幾本詩集，由中國到臺灣，由繼承到創發，由自我到世界，踴躍向前的印記真是歷歷可尋。

可以這樣說，向陽已成為詩史上「本土轉換」兼「世代轉換」的代表人物。那不是簡單的棄舊迎新而已，惟有善於吸納臺灣現代詩的既有成果（很多人沒通過這一關），乃能超越之，擴充之，轉化之。也就是以詩藝為基底，把那邊和這邊融貫起來，經營新詩意。解悟〈離騷〉在邊緣而自足且恆久，乃用此原理而非仿其句式，創造斷然屬於「漢語臺灣」的詩篇。今天想來，還是意味無窮。

光合作用——讀向陽詩——林婉瑜

本名林佳諭，詩人。曾獲時報文學獎、林榮三文學獎、優秀青年詩人獎、青年文學創作獎等殊榮。其詩輕靈跳脫，以縝密的結構與精準之文字成詩，藉由描繪細小事物而從中取譬，寓大於小。作品曾入選《中華現代文學大系Ⅱ——詩卷》。編有《回家——顧城精選詩集》（與張梅芳合編），著有《那些閃電指向你》、《剛剛發生的事》、《可能的花蜜》等詩集。

　　翻讀《向陽詩選》，想像若自己是研究者會從哪些層面去研讀這本詩集，我比較好奇的是：詩集中出現的植物花草意涵；每首詩的主詞（敘述者）是誰；臺語文的應用；詩的影射（意在言外）；以及詩中反映出的詩人對愛的觀念。

　　向陽給人的印象是知識份子的、學者的、陽剛的，但細讀他的詩作，有關花、花季、花蕊這類柔軟溫柔的用詞其實非常多，如：

「吹起白楊樹的婆娑」

「從破落的簷下，有朵朵小花，」

「歌著過來來向您報告報告春晴的花訊花訊已經」

「向遙迢的花季展示草本的落寞」

「算了吧管它釀蜜摧花，如是揮手」

「嘗試用鐵器捏塑綻放的花蕊，然後」

「某年，在莽林中，以利斧劈碎幽蘭」

「除非浪息風止，花蕊在斧下賁張」

「先生這是你要的花麼？請付帳」

「至於玫瑰的葉刺分屍遍地」

「成一片雨後的泥，護片片落花」

「庭院的籬落間一朵腥紅的玫瑰銬著兩副白雲」

「遍地的花草樹木則嗤之以鼻」

「誰照顧，繁華都市一蕊花？」

「落地花！為著生活受風吹」

「落土花，心事掩蓋紅塵下」

「除非毅然離開靠託的美麗花冠」

　　我喜歡〈秋聲四葉〉中「第二葉：莫名之花」所描述的：「有些花是叫不出名字的即使當她萎謝／即使有人自告奮勇地承認採摘並且／指稱被雨踏歪的告示牌上就有著她的科種」「花。早凋而無名，因為帶露且早熟」「有些花的確是這樣的雖然叫不出名字／從冬到秋她是不經春的雖然綠了枝葉／但是關於夏天她是知道的」這裡對花的種種描述，幽微深邃，幾乎是想像中最為神祕且迷人的花的形象。

　　以上僅列舉少數，詩集中還有更多花卉的存在，也有很多植物意象出現，這些植物花卉所代表的物事、所承載的意義，不盡相同，從上下文去推測植物花草的意涵，應會是非常有趣的研究。

　　詩集中的臺語詩，集中在「土地的歌」此輯。每當我讀臺語詩，總有一種欣喜的心情，為了自己可以讀得出來那些臺語文而感到放心，想到自己幼時是不會說國語、只會聽和說臺語的，從求學階段至今，幾乎不說臺語了，但閱讀臺語詩作時，那些字詞用法情境，幾乎都未忘記，這是母語的記憶。

　　在某些評審經驗中，會讀到臺語文作品，有時會遇到一種「有臺語而無詩意」的情況，即作品有標準的臺語文表述，但未到能稱為文學的地步，是臺語文沒錯，可不覺得它是詩。當我們用中文寫詩，經常會嘗試實驗性的語詞、歧義的趣味、錯置的技巧等，那麼臺語文又是如何成立為一首詩？輯中〈阿嬤的目屎〉寫道：「阿嬤的目屎／是早起時葉仔頂的露水／照顧著闇時的阮／疼痛著青葉的孫」眼淚是露水，孫子是受露水照顧的葉子，這裡拆解兩種敘述系統（目屎／闇時的阮；葉仔頂的露水／青葉的孫），把它們交錯編織在一起，在中文詩裡也會見到這樣的技

巧。〈阿爹的飯包〉結尾寫道:「阿爹的飯包:無半粒蛋/三條菜脯,蕃薯籤參飯」詩人設計一個情境,讓閱讀者走進情境裡,感受父親這個角色飲食的匱乏,從飯包內容的「少」,去體會父愛的「重」,迴避情感直接暴露,以情境引領讀者發生自己的感動,在中文詩裡也能見到這樣的設計,這兩首詩都用質樸敦厚的語句,表現了親情的暖。〈搬布袋戲的姊夫〉用布袋戲劇情裡「東南派」和「西北派」的對立比喻常吵架的姊姊和姊夫,這首詩的敘述者「阮」是旁觀著姊姊和姊夫相處的小孩子,詩的最後,姊姊和姊夫和好了:「阿母歡喜的搓阮的頭,講阮就是/彼先,為江湖正義走縱的布袋戲尢仔」布袋戲劇情本身就帶有武俠的詼諧的鄉土的趣味,用布袋戲來形容大人的感情生活,是少見的,也造成一種熱鬧、特殊的質感。布袋戲都以臺語文演出,這首詩唯有以臺語文的方式,才能表現得如此貼近。另外,〈村長伯仔欲造橋〉、〈馬無夜草不肥注〉、〈議員仙仔無在厝〉、〈猛虎難敵猴群論〉等詩,詩中敘述者以類似講古或臺語相聲的方式流暢訴說,加以人情的況味、對現實的諷喻,使詩充滿戲劇感、生活感。詩中角色說出的對白,都非常傳神,話的傳神,帶來了人物的生動,這樣的題材若不用臺語文去刻畫,無法達到最好的效果,因為詩中角色幾乎就是我們生活中耳聞過、甚至接觸過的某種人物,其使用的語言、說話的口氣、對現實的想法,如此擬真,若用中文表述,會有隔靴搔癢之感。〈在公佈欄下腳〉這首詩,以公司公佈欄的中文宣告,和勞工內心的臺語潛臺詞對照,一句公告、一句黜臭,突顯矛盾和荒謬,無論在什麼表述的形式下,詩人總是不會忘記與弱者並肩而立。

　　詩集中,有不少詩,每行的字數都是相同的,詩人為自己尋

求一種格式一種秩序,在這格式和秩序中去進行變化、創造和突破。如後期的二十四節氣詩,也是先確定題目後再著手去寫,這同樣也是先為自己設下了條件,而後再出發尋找的方式。二十四節氣詩中的〈大雪〉,再次出現了每行字數相同的設計。

每行字數相同的詩,某些,我們可以得知,在書寫時,詩人已經把字數限制考慮進去了,如〈暗中的玫瑰〉、〈夜過小站聞雨〉、〈歲月跟著〉等,每行的句式都是整齊的,都剛好在一行結束時,就結束了描述。有些詩則因為有一句分置兩三行的情形,較無法判斷,是寫好後才斷成每行字數相同,或發想時同時斷行,如〈草詠二章〉、〈大雪〉……等。

向陽的詩,經常注視著一個寬闊時空,詩的氣質並非晦澀的封閉的角落的靈魂幽暗的,幾乎大部分的詩,都有具體外在環境作為詩的背景,這非常特別。詩中的敘述者總是眼光向外,閱讀山川林木、時間季節、語言人物,再把這些宏觀的景物、具體的依憑帶進詩裡,作為想像的背景、思考的出發點。

詩裡經常出現的意象,標誌了詩人的個人特色,同時也是詩人的思緒經常躇步而至的地方。〈銀杏的仰望〉這首詩,是詩人自況,銀杏代表了詩人,因銀杏只有在詩人故鄉南投才出現蔚然成林的景觀。銀杏也經常出現在他的其他詩作裡。此外,可以發現詩人對於「仰望」、「上升」這種姿態的喜愛,如:

「有人仰頭盼望」〈從冬天的手裡〉
「一種仰望的飛騰」〈晴雨〉
「終究你是翔著金黃翅翼奔向昏暉的/百齡,通過夜的暗鬱,簌簌撲飛/而當你折翼倒地,陽光自你身上昇起」

〈銀杏的仰望〉

這些詩句讓人聯想，詩人的筆名向陽，也是一種仰視的角度，一種對明亮陽光的追求，無論詩句和筆名，都反應了詩人情感的趨向，詩人期待自己是仰視的、趨光的。

那麼，向陽的詩，就是他日日朝向陽光，進行光合作用的產物。光亮而溫暖，有機而蓄含力量。

向陽的情詩，亦是一種正面的深情：「並且容我執戈以衛／妳每一寸肌膚，兼及妳的瑕疵」〈海笑〉「尤其金線菊是耐於等待的／寒冬過了就是春天／我用一生來等妳的展顏」〈菊歎〉這樣的情詩，在在都是詩人聲明自己對愛的態度，是願意承擔的、是寬闊包容的。

這本詩集能夠探討的特質，還有許多，這篇文章僅略述一二。

最喜歡詩集裡的〈秋風讀詩〉、〈歲杪抄詩〉、〈暗中的玫瑰〉，〈秋聲四葉〉，優雅而細緻的靈魂聲音，讓人時不時想再次閱讀，剛強可以如此柔軟，正如這冊詩集展現出的錯綜豐富質感。

夏曼・藍波安

主持人

　鹿憶鹿

發表人／題目

　夏曼・藍波安

　　我文學的創作與海洋

討論人／題目

　瓦歷斯・諾幹

　　海洋的溫度

　巴代

　　藍波安他爹

鹿憶鹿

我文學的創作與海洋——夏曼・藍波安

漢名施努來，蘭嶼達悟族作家。創作以小說及散文為主，描繪了個人身處蘭嶼及臺灣兩社會的心境轉折，並以深情的文字，展現了達悟族的內在精神和面對自然的崇敬態度，引領我們接受神秘龐大的海洋洗禮，保存達悟文化的驕傲。曾獲吳濁流文學獎、時報文學獎、吳魯芹文學散文獎、九歌年度小說獎等殊榮。著有《冷海情深》、《海浪的記憶》等散文集，《安洛米恩之死》、《八代灣神話》等小說。

初始

「故事」是我們每一個人，從小就被大人，父母親，家族，社會「編劇」或是「編造」說給我們的。星球上有多少個大大小小的民族，這個星球就有多少個相異的「故事」。然而，大航海時代，也就是西方人說的：地理大發現，西方列強帝國，殖民弱勢民族之後，弱勢民族初始的美麗而優雅的傳說故事，在殖民者所及之處漸漸被汙名化，邊陲化，成為荒謬怪誕的「暗故事」。我的民族在國民政府在蘭嶼播種華語教育，國語（KMT）教育的起始，也正是汙名化我族，優等化漢民族。於是華語成為我們成長唯一可以說的正統語言，漢族歷史也成為我們的歷史。

關鍵詞：暗故事，暗文學，國語

徒手潛水與魚槍獵魚

說起「暗故事」，從被殖民者，我民族的身分來說，它卻是我的「明故事」，這是筆者文學創作的核心價值，我稱之：翻譯海洋情緒的男人。

那是我兒時記憶的起始，也許是五歲吧。我是父親的獨子，在那一年的飛魚季節（二月～六月）的第三個月，我民族稱之Papataw，部落裡的男人在清晨，每一個人划著自己建造的拼板船出海釣飛魚（tobio），再以活的飛魚做魚餌釣鬼頭刀魚（sira）。

祖父用粗大的手掌拉著我纖細的手肱，與他一同把背貼在木板牆面。霎那間，他那粗厚的手掌，粗大的手指如是魔力般的讓我特別有感覺，感覺與祖父在一起很有安全感，那一絲感覺注定了我這一生日後對於在土地上勤奮勞動，在大海上為生存而奮鬥

的人，有了直接的感動與嚮往，這是我五歲時的感受。祖父跟我說：

「我有很多很多故事，每一天說一個故事給你。」

就這樣，我就每天來祖父的家，同時拿食物給祖父吃，就成了父親給我的責任，服侍前輩的美好記憶。

祖父跟我說的，我人生聽聞的第一個故事，就是《小男孩與鯨豚的故事》，決定了我一生對海洋與人類相融的故事的愛好與探索。

這則故事的場景一：小男孩與鯨豚在天然洞穴相遇的劇情，小男孩用「地瓜」（在地食物）做為他想與鯨豚成為好朋友的誘餌，鯨豚從幼兒成長到成豚，一同成長培養感情，相互信任的起始。

場景二：鯨豚領著小男孩遊歷水世界，水世界海景如陸地山巒起伏的景致，美麗無比，讓小男孩驚嘆不已，礁石就是水世界裡不同層次的聚落，魚類的村落，城市，礁石環境的平坦，複雜，居住的魚類也不同，多寡有別。

場景三：同時鯨豚教他認識魚類，以及魚的名字，不同魚類的階級屬性。於是，小男孩牢記分類魚類為，男人吃的魚，女人吃的魚，孕婦吃的魚，老人吃的魚等等，這個分類魚類的知識傳遞給部落耆老，一代傳一代，如此之知識就一直沿用到現在，成了達悟人的海洋觀。

場景四：魚類被鯨豚分類其階級屬性，又敘述道，有毒的，很醜的，很笨的等魚類不可以吃，如馬林魚、鯊魚、尖嘴魚、河豚……，你們只能吃美麗魚形的魚。

這是我第一本書《八代灣的神話故事》裡的一則故事。筆者

堅持先出這本書的因素是，我的華語語法不正統，以達悟語（羅馬拼音）為主，翻譯成漢字。

1997 年《冷海情深》，身體在海裡學習潛水，學習觀察魚類的習性，身體在陸地從家族裡的前輩學習月亮與潮汐的親密關係。海洋成為我的實學教室，父親是指導教授。運用身體體悟海洋情緒的作品，我個人真實的海洋民族教育課程的報告書。

1999 年《黑色翅膀》，海洋世界獵食大魚獵殺弱小的飛魚，弱者的宿命。飛魚的移動醞成達悟文明的核心文化。兒時的優質記憶醞成我個人文學創作的深厚資源。四個小孩的成長，學校教育發展出四個小孩成長後的不同命運。文學評論者說，這部小說的前兩段不是小說，筆者的反應是，漢族評論家不會抓魚，潛水，更不懂海洋民族。很難想像一個作家要抓魚養家，造船捕飛魚……

2002 年《海浪的記憶》，在清大念人類學研究所，思念島上優質的漁夫愚夫，寫稿養小孩，身體回祖島抓魚養父母親。散文集。

2007 年《老海人》，在成大攻讀文學博士。小說集，三位主角為島上的邊緣人，他們的故事島上族人沒有人想聽，稱暗故事。然而，海洋，潛水，魚獵是他們尊嚴的來源，是他們療癒自卑的教堂。文學創作的田調。

2010 年《天空的眼睛》，現實生活裡，主角沒有錢提供女兒上大學，女兒負氣不回祖島，懷孕之際適逢漢人男友被酒駕者撞死，兒子生下後，就託給父母親養，她兒子的祖父不在意後代的學校教育，然而外孫，主角的長孫卻一直夢想著祖父再獵一尾浪人鰺，在深夜釣到浪人鰺的霎那間，他翻船，那一晚他女兒病

逝。

核心是浪人鰺敘述海底世界，達悟人的海洋觀。

2014 年《大海浮夢》，筆者進入華語學校，十歲築起的夢想，我都實現了。這是集結我自己的返回祖島定居的感觸，以及不斷移動出國的經歷，以反思，以批判的，逆思祖父們曾經跟我口述的傳說，傳統信仰，是半自傳式的，人類學式的敘述書寫，這本是二十幾萬字的「奇異的」長篇小說。對於我個人，這本書在我進行式的文學創作裡，是非常重要的創作證據。我把我家族的名字刻在書本上，永恆流傳。

第一章，那是我從小的記憶，記憶了我成長中家族男性教育給我的傳說故事，那是生活的技能，生活美學，超出了純文學書寫的價值，那也是哲學，我稱之「暗文學」。

第二章，同時失去雙親的痛，讓我承受難以承受的傷痕，於是出走到南太平洋的庫克國，斐濟等地兩個月療傷痛，同時也實現了我兒時的夢想，同時尋找臺灣遠洋船，聽他們在海上獵魚的故事，遇見那些船員，竟然是十六、十七歲的小男孩為臺灣的漁船作苦勞。這是 2004 年 12 月～2005 年 2 月的事情。

第三章，2005 年三月在成功大學兼課，六月與日本航海家在印尼海，摩鹿加海峽航海冒險，「航海」也是我兒時的夢想。我作為一個外國人，在他國的海上，「國家」被框架的概念，當我在海上的時候，海洋似乎就是我的「國家」。這是很奇異的感受。

第四章，三十二歲回祖島，是我個人的再次重生。再回祖島定居生活是件很難的抉擇，離棄島嶼遠走他地，原來目的就是追逐夢想，然而我在臺北的夢想是什麼呢？還沒有實現，夢想就已

經破滅了，只剩慘缺不全的民族運動者的身分。

　　祖島給我海洋學習潛水抓魚，祖島給我熱帶雨林認識山的主人「造船樹木」，家族的男人，島上獵魚的男人教育我認識我快要遺忘的島嶼島民。從民族的「活文化」的實踐，重新站起，也重新審視自己的過去，開始逆思（五十七歲的作品）。

　　2015 年《安洛米恩之死》，六月完稿，九月出版。這是《老海人》小說集的延伸版，兩個逃學的學生長大了，是臺灣社會，部落裡的邊緣人。主人翁安洛米恩嘲笑牧師是被西方宗教殖民的在地牧師，也諷刺他的在地人老師不會造船，不會捕飛魚，是臺灣政府國民黨殖民的黨工，被他稱之「殘障男人」。他諷刺島上的小政客是孬種，不參與民族的反核運動，但他自己也沒有參與。然而，藍色海洋就是他們尊嚴的營造者，也是讓他們失落時給自己不斷重生的國度。他們的孤獨，正述說著他們的暗人生，然而，又有誰在意他們的存在呢？如同我的民族，誰在意核能廢料貯存在蘭嶼呢？

收釣魚線的話

　　被殖民者的小說家的身體與智慧游離在被夾擊與被拉扯的縫隙裡，鑿刻自己的創作個性。

　　假如我可以這麼說；藍色海洋是我游牧的世界，我於是自稱是「暗文學」的創作者，翻譯海洋情緒情感的作家，描繪魚類個性的男人。書寫島上邊緣人的際遇，他們的逆思，他們的暗故事，是我的明故事。

　　假如我可以如此說，事實上，我的明故事，島嶼民族的核心價值，其實就是華語文學的暗文學，更是弱小文學。

海洋的溫度——瓦歷斯・諾幹

漢名吳俊傑，臺灣泰雅族作家（出生於Mihu 部落）。創作文類廣泛，涉及論述、詩、散文、傳記及報導文學等。原以筆名「柳翱」寫詩，後傾力寫作散文，以銳利的筆法，批判臺灣金權社會對自然人性的戕害及對原住民文化的壓迫；也以傷感有情的描寫，紀錄逐漸被人遺忘的原住民傳統風俗與人文歷史。曾獲聯合報文學獎，時報文學報導文學類首獎、聯合文學小說新人獎等殊榮。著有《山是一座學校》、《當世界留下二行詩》等詩集，《永遠的部落》、《迷霧之旅》、《城市殘酷》等散文集，報導文學《荒野的呼喚》等書。

　　我感覺必須透過想像，想像一座小島與四周遼闊的海洋，被海鹽搓揉的黧黑的少年站在 Emorod 社（紅頭部落）前方的岸邊，岸上幾隻幾人座不等的達悟族獨木舟散發飛魚的氣息。應該是傍晚，太陽從海面升起，又自海面降下，不過是方向相反，與教科書國語課本的描述大異其趣。少年或許剛剛從放學的鐘聲逃逸出校門，赤腳摩拳擦掌，眼神孤傲又顯得無助，只能漫不經心地吹吹口哨，又察覺哨音將引來魔鬼的隨伺而停息，眼神於是返回國小教師宿舍，那裏有來自大島顯露著「白色胴體」的女老師，但是太文明的顏色總會刺傷荒野的眼睛。會不會，是這樣的慾望與禁忌讓少年一直帶著走呢？我不願在此預下判斷，只能同理心的觀看同樣是十歲我的童年身軀站在八雅鞍部山脈的山頂時，在同樣是傍晚入夜的時刻視見山下遠處的小鎮次第燃放新文明燈光，有如地上冒長的星星是如此的令人興奮，因陌生而驚奇，且又因驚奇而生微微的恐懼。是這樣嗎？少年 Syman Rapongan（夏曼・藍波安，1957- ）也會在七〇年代的海岸感到興奮、驚奇與恐懼嗎？「飛魚一群一群的，密密麻麻地把廣闊的海面染成烏黑的一片又一片。」寫下《黑色的翅膀》這第一句文字的時候，夏曼・藍波安已經從臺灣大島返回蘭嶼小島紅頭村，三十六歲出版第一本長篇小說（也是臺灣原住民族第一本漢語書寫的長篇小說）的夏曼・藍波安在回憶童年記趣的時刻，時光裡閃現的「趣」味已經滲雜漢族文人陌生的族群文化消失的況味，這些陌生的歷史氣息讓臺灣漢人（一小撮臺灣文學閱讀人）突如其來感到了什麼樣奇異的撼動，正如近在眼前卻又遠在天邊的大島周圍危險的海域之陌生之無以親近之四百年前黑水溝不堪回首的記憶，現在有人直面以海洋以小小蘭嶼島洶湧的海水以壯觀且疏離的飛魚文化撞

擊自視甚大的臺灣文學的胸口時，能不驚訝讚嘆並悔恨何以無能親近遼闊的海洋文學？難道忘了澎湖湖西鄉龍門村呂則之（呂俊德，1955-）的《海煙》、出生在基隆的東年（陳順賢，1950-）也寫了發生在海洋上的《失踪的太平洋三號》啊，於是臺灣文學界立刻或說恰如其分的時機「發現」了屬於臺灣的「討海人」廖鴻基（1957-），並且輕輕的海浪拍動似的、像一群犯錯的孩子有默契地將腳步抽離蘭嶼島，假裝幾年之後沒有紅頭村那少年的海洋只有花東海岸乘風破浪的漁船的漁獲的辛勤勞動的關於臺灣的海洋文學那樣的一切一切，大家差不多忘了那少年眼中的《黑色的翅膀》了，不是嗎？

　　當夏曼・藍波安寫下《黑色的翅膀》第一句漢語時，我想到的是博爾赫斯（Jorge Luis Borges，1899.8.24-1986.6.14）寫下的這句話：「我曾經想過，人們的生活不論如何錯綜複雜，千頭萬緒，事實上只有一個瞬間：也就是大澈大悟，知道自己是誰的那個瞬間。」十幾年前，從我讀完《黑色的翅膀》最後一個字詞的瞬間，直覺的認定夏曼・藍波安肯定是在臺灣大島的都市一角獲致某種痛苦的啟示，也許是在開著計程車遭到粗暴的歧視，也許是我與夏曼・藍波安初次見面的耕莘文教院一場黨外說明會，更可能的是，臺灣的社會氛圍壓抑著小島少年關於原住民族群權利點點滴滴的喪失，以至於看似微小不察的一點一滴在少年的心靈穿刺為巨大的傷口吧！你只要看看《黑色的翅膀》四個達悟族小孩的夢想及其粉碎，就了然那傷口是如何的椎心刺骨，甚至於寫完終章為本書作序之時，還是念茲在茲傷懷「吉吉米特到現在一直沒有收到他的明信片。」吉吉米特的母親不無憂傷的問夏曼・藍波安：「你的朋友，還不回來嗎？」已經是中年之軀的夏曼・

藍波安無以回答，只能自問：「何時回來呢？他找得到回家的海嗎？」這是個崩解的現實，請注意，這已經不是小說的情節，而是那時時刻刻讓達悟孩子遠離小島的殘酷現實，是臺灣媒體將國家大事與名人八卦、影視腥羶並置的每日新聞卻恰恰是「看不見」的大島之外的殘酷人生，或許是「看不見」於是夏曼·藍波安只能用戲劇性的小說讓達悟族近現代的、接受文明洗禮後的、流放的罪犯在山間小道恣意妄為的、漢民族教育馴化的小島人生具現在大島的眼前。還不僅僅提供如此撕裂人生的暴力書寫，口述傳統與生活實踐的達悟族文化讓中年的夏曼·藍波安保有最為厚重的海洋底蘊，那開篇第一章節五千字關於飛魚文化的生動敘述，就是獻給所有賴以文字維生的他者，是他者也是敬獻給海洋的神靈，當飛魚黑色的翅膀仰天長嘆的說：「我們終於來到了故鄉，達悟族的島嶼。」時，他所洩漏的竟是我們得以破譯的文化密碼，也是創作作為一種神祕寫作的關鍵，沒有了這五千字的文化密碼，其後的十萬字將只是一個弱小民族不幸的通俗故事，或者僅是四個孩童的辛酸記趣。檢查一下夏曼·藍波安日後的散文或者小說創作，哪一篇不是以小島周圍的海洋作為寬厚渾重的文化背景，「海浪是有記憶的，有生命的，潛水射到大魚是囤積謙虛的鐵證……射到大魚不是了不起的事，但海能記得你的人，海神聞得出你的體味，這才是重點。」（〈海浪的記憶〉2002）

　　如果說一本書是為了讀後永誌不忘，並讓你享受到物質以外的幸福，或許試著打開《黑色的翅膀》，奇怪的事情就會發生，我相信，愈讀變化愈大，直到海洋的溫度逐漸包圍，一如海浪親吻小小的島嶼。

藍波安他爹——巴代

漢名林二郎,臺灣卑南族作家(出生於
Damalagaw 大巴六九部落),部落文史工作
者。曾獲山海文學獎、臺灣文學獎長篇小說
金典獎、吳三連獎等殊榮。其短篇小說主要
關懷原住民族在現代社會的適應,長篇小說
則以族群歷史、文化作為創作素材,具濃厚
的歷史現場感,豐富的文化意象與細膩的戰
爭情緒。著有《Daramaw:卑南族大巴六九
部落的巫覡文化》、《吟唱‧祭儀:卑南族
大巴六九部落的祭儀歌謠》等研究專著,短
篇小說集《薑路》,《最後的女王》、《笛
鸛》、《巫旅》等長篇小說。

　　作品是作家的識別證,從而提供閱讀者辨識與理解作家創作的姿態與內在歷程,然而文字呈現作家的人生態度,與其面對現實情境的真實反應容或有差異,那些差異從何而來?閱讀一個作品或研究作家,其意義又為何?這類的問題意識應該是已然出現的無數篇關於夏曼・藍波安文學研究的起手式,在這樣一場論壇裡,似乎也不應該那樣的比照學術研討論文那樣的嚴肅。是故,請容我逃過這些嚴肅與無趣,僅以一個寫作後進,來談談我接觸夏曼・藍波安的趣事與觀察。

　　真實的夏曼・藍波安於我,並不是一開始就具有意義的,不論其作品或者其名字所代表的文化意涵。我的意思是:雖然他早已聞名在外,我卻很晚才進入寫作行列,從而接觸並熟悉原住民文學有關的作品與作家的時間也相當晚,當時作為相當程度還是一個「圈外人」「局外人」的我而言,夏曼・藍波安,其實是有著不少隔閡與陌生感的存在;即便 2003 年我在一場由夏曼・藍波安主持與頒獎典禮上,我們真正面對面說上了幾句話,我也無法一下子就接受或進入他不同於我說話方式與邏輯的表述。真正有比較多的交談與接觸,是 2011 年我們一起受邀參加臺東文學館籌建的座談會,我們同許多臺東的作家與民眾在「史前博物館」談臺東文學館設立的願景與可能。前一天他住宿我在臺東的家,我們有較多的交談與認識,而那個白天我們一起走訪大巴六九山區,還一直是日後提及夏曼・藍波安時,我會忍不住一講再講的事。

　　開會前一天下午的時間,我與妻子從機場接了他之後,便驅車前往利嘉林道直奔位在我們部落後方的大巴六九山區。我興致勃勃地想介紹我剛完成的長篇小說《笛鸛》《馬鐵路》的歷史事

件場景，以及設計作為小說事件的背景故事。他頗為開心，一路說起話來，詢問我的過往職業經驗與部落狀況，特別是部落農作情形。林道穿越過山稜線之後，霧已然漫迷，漫過林道所經過的幾個山頭與樹林，他正感到興趣，驚呼張望時，忽見兩隻白腹鶥，張著大翅，由車子左後側方超越飛過車頭，停落在車頭右前方的林道路上。怕傷害牠們的美麗，我緊急剎了車，沒想到夏曼‧藍波安已經迅速的逕自開了門追了去，驚得美麗的鳥兒快步向前又展翅他移。這情況令我稍稍吃驚，心想莫非蘭嶼的鳥兒不飛不跑？而一把年紀的大作家童心未泯或者想吃點野味？我的疑惑沒有持續太久，因為大作家自己向前走了些路，又伸手朝前「捻了捻」霧白的水氣，若有所思。上了車回頭路上，他說，他想起了當初來臺灣上大學，曾到梨山打過工，那是他第一次在那樣的高山過生活，那些涼冰冰的霧拂過臉頰，既真實的挲撫而過，又不那麼真切的碰觸著，他一直忘不了那樣的感覺，像盛夏揮汗的午後裸身跳進他熟悉的蘭嶼海域，涼沁溫煦。他說話的表情認真、專注、沉湎。他後來又提起，有一段時間到平地得到的第一份工作，是跟著大貨車當捆工，遭一個閩南人以「幹你娘，死番仔」問候，他說他一輩子也忘不了。

　　我總以為作家應該談論點文學說一點自己的創作過程與理想，但順著山勢沿著林道往下，他始終談著過往，問著我們經過的果樹、旱田現在究竟是誰擁有。我幾乎是招架不住的尷尬回答，這些傳統的部落旱田，經由國家化以後，現在都給了平地人。我指著遠方一塊鞍部，說那是我的祖父時代與布農族內本鹿人有紛爭時，部落青年所設置的哨所。我又指著山頭另一處一塊已經坍方的旱地，說那是我第一次寫小說的場景，那塊生薑園後

來落入平地人手裡，而後坍方廢耕。大作家似乎若有感傷，說著殖民境況從未在原住民的處境中被解除過。作為原住民社會運動的參與者投入者，作為「番仔」處境的職場不愉快經驗，夏曼‧藍波安的喟嘆、感慨，明確而有力。正待我想說點甚麼緩和氣氛時，他忽然要我停車。原來車道前方有一對肥實的果子狸，不待我反應過來，他又逕自開了車門追了出去，甚至拿了外套，撒網魚似的拋向果子狸，我在車上忍不住大笑了。

　　你可以想像一個微微發福的，穿著白襯衫白西褲，套著深色西裝套，頭戴鴨舌帽，腳蹬深色尖頭靴的作家，認真地跑著、脫著西裝外套追逐著果子狸，形成「三隻肥狸」在路上相互追逐著的情景有多讓人歡樂。後來我問他，他吃這些野味嗎？他說，他不吃，他已經過了吃這些的年齡，這些野味不是他的年齡該有的食物，然後我想起了蘭嶼隨處可見的羊隻，近乎野生的羊群。當晚我們聊了很多話，隔年他造訪我在岡山的家，也說了許多話關於蘭嶼，關於基金會，關於他航行南太平洋島嶼的顛浪與驚奇。自此，我再也沒有機會與他多聊上話，只能從臉書知道他的旅行、移動、演說，以及大部分的時間在蘭嶼種田、造船與下海的日常。更常「聽到」他一次又一次，一回復一回，叨叨絮絮又喃喃囁囁，說著他的文學，他的祖島，他的憤世與初老的體悟；微笑著他的幸福家庭，妻子的健康與子女的長成與歡愁。沒有舞文，沒有賣弄，沒有炫技。

　　這讓我想起他的作品。從《黑色翅膀》《冷海情深》，到後來的《老海人》《天空的眼睛》《大海浮夢》《安洛米恩之死》等等作品，總是重複著述說，不厭其煩描繪海流、浪濤、祭儀、魚族與族人容顏、話語。我認真的以為，那無一不是淬鍊自真實

生活的點滴，是海水流動的貼膚過臉，是夜黑風高浪頭上的顛盪與拉扯，是珊瑚岩礁的扎腳刺痛，是空氣中流動的魚貨氣息與淡淡酒氣，是生老可能也是病逝。一如小島老者吟唱的歌謠，總是敘述，總是期盼與囑咐，既文學又文化。這或許也說明著，具有國際知名度的達悟族作家夏曼・藍波安，他的文學，已經不是單純的文字技藝展演，更多時候，是一種生命的反覆觀照所折映的民族智慧與哲學，無須外求與作態，是一首首真誠與認真活著的歌謠。

　　夏曼・藍波安無疑是高知名度的作家，但對我而言，他更像是一個部落文史的工作者，或者是一位初老的部落長者，或者，這正如他的達悟族名字夏曼・藍波安一樣，意指他已經是一位名叫藍波安的男孩的父親，是藍波安他爹，是靈魂已然透徹著達悟民族性靈的寫字人。

2016/9/26　高雄・岡山

梅英東
(Michael meyer)

論壇

主持人

鄭怡庭

發表人／題目

Michael Meyer（**梅英東**）
Following the footsteps of
Pearl Buck and Lin Yutang

梅英東
跟隨賽珍珠與林語堂的腳步

討論人／題目

顧玉玲
寫梅英東

李志德
敘事的追求

鄭怡庭

Michael Meyer first went to China in 1995 as one of its first Peace Corps volunteers. As the author of the acclaimed The Last Days of Old Beijing: Life in the Vanishing Backstreets of a City Transformed, he received a Whiting Writers' Award for nonfiction, and a Guggenheim Fellowship. His second book, In Manchuria: A Village Called Wasteland and the Transformation of Rural China won a Lowell Thomas Award for Best Travel Book from the Society of American Travel Writers. Meyer's stories have appeared in the New York Times, Time, Smithsonian, Sports Illustrated, Slate, the Financial Times, Foreign Policy, Architectural Record, the Los Angeles Times, the Chicago Tribune and on National Public Radio's This American Life. He is a member of the National Committee on United States-China Relations' Public Intellectuals Program, and an Associate Professor of English at the University of Pittsburgh, where he teaches nonfiction writing. The final book in his China trilogy, Into the Middle Country: Learning China from the Ground Up, will be published worldwide in 2017.

Following the footsteps of Pearl Buck and Lin Yutang

——Michael Meyer（梅英東）

I am an unlikely practitioner, let alone ambassador, of global Chinese writing. I grew up in the United States, near the origin of the Mississippi River, a place where "international" meant Canadian. As a university student, I spent a semester in Europe, making me not only the first person in my family to travel abroad, but also to apply for a passport. I was also the only one of us who could speak a foreign language: Spanish. So when I applied to the Peace Corps, the government-funded program that sends Americans overseas for development work for two years, I expected to the agency to hand me a plane ticket to Guatemala, to Nicaragua, or anywhere else where they spoke Spanish.

Instead, the Peace Corps placement officer offered me a ticket to Malawi. I laughed, and said no thank you. Over the next week, he called and asked if I would go to Turkmenistan. No. Mongolia? No, again. Sri Lanka? I laughed. Vladivostok? I laughed harder. Kiribati? I pulled an atlas off the shelf to find where that was – it's a series of coral atolls in the central Pacific, far from tacos and tapas. The voice on the line sighed and said, with annoyance: "Look, it's not Club Med, it's the Peace Corps. You don't get to choose where you go." But it seemed like I did, and so I kept saying "No."

The following Friday, my phone rang again.

"How about China?"

I blinked, and then swallowed hard. "I didn't know Peace Corps was in China."

"The program just started. You'll have to leave in three weeks. I'll

FedEx you the materials now, but they won't deliver on the weekend. Can you meet the package at the airport? You can tell me your decision on Monday."

This was 1995. I was 23 years old, and knew nothing about China beyond its cuisine and the memory, suddenly distinctly present, from six years earlier, when a live radio broadcast reported the killings around Tiananmen Square. On that June 4, I had pulled my Volkswagen Beetle to the road's shoulder, and burst into tears. I had never been moved by news like this. I didn't know any Chinese people personally, had never read a poem or book by a Chinese writer, and could not have found Beijing, let alone the Taiwan Strait, on a map. But suddenly a world event punctured my bubble of enormous teenaged self-regard.

At university, China still felt very far away. I once asked a campus travel agent the price of a ticket to Beijing, and she gave me a look that suggested I start digging. I studied Spanish, worked as a journalist, and trained to be an English teacher. The final phone call from the Peace Corps came to my high school classroom. *China*, the voice offered. *You'll have to leave in three weeks.* I couldn't even use chopsticks, let alone speak a word of Chinese.

I broke my lease, sold my car, found a home for my cat, and broke up with my girlfriend. To prepare, I asked the city librarian for books about China. She walked me toward the red-spined line of nonfiction covers, that continental shelf. I ran my finger along titles that traced a Malthusian line across the twentieth century, as the country's population grew: *400 Million Customers*; *Land of the 500 Million*; *800,000,000: The Real China*; *The Gang and 900 Million*; *A Quarter of Mankind*; *One Billion*; *Half the World*.

"How about Pearl Buck?" the librarian suggested.

Reading Buck as an introduction to contemporary China is akin to reading Charles Dickens to understand modern London. But tucked amidst her novels' anachronisms was warm-heartedness, and an admonition to see the place, and the people as they were – as individuals, not demographics.

"If you are willing to lend yourself to China," Buck told a group of American soldiers shipping out to Yunnan during WWII, "making no comparisons with other countries, you will see a great deal of beauty in the Chinese streets. After all, what is the use of going abroad if it is only to complain because things are not the same as they are at home?"

I copied that advice on a piece of paper, and tucked it into my wallet as if it were a particularly auspicious fortune cookie slip. (I had yet to learn that fortune cookies were invented by a Japanese family, in San Francisco.) *Be willing to lend yourself to China,* Buck said. *You will see a great deal of beauty*. I also copied another piece of wisdom from the Nobel Prize winner, who as a child of missionary parents in a Jiangsu river spoke fluent Chinese: "Perhaps the first sentence you ought to learn is 'I am an American': *Wo shi Meiguoren*."

I repeated the words as my plane flew west, across the Pacific. I had no idea the turn my life's path had just taken, one that led to two decades of writing about China.

For my first two years I lived a short, muddy walk from the former home studio of the painter Zhang Daqian in the Sichuan river town Neijiang. (It is not a well-known city on the Mainland, so you can imagine my surprise, on my first visit to Taipei, to walk down its central Neijiang Street.) Everything was, of course, new to me, but I soon realized that most things were new to my students, too. They were first generation collegians, as I had been, and the children of farmers who expected them to find steady jobs away from the fields. But China's economy was shifting away from the "iron rice bowl" guarantee; these "kids" were learning everything on the fly. How to find a teaching job. How to migrate to the coast, toward unseen opportunities in cities such as Shenzhen. How to get a cell phone, and get online. How to learn how to drive. How to choose a partner. How to speak a foreign language. How to understand this new China.

I reminded myself of Buck's advice – *be willing to lend yourself to China* – and threw myself into the place. As a result, when I wrote stories to be published in American newspapers, I wasn't explaining "China"; I was describing what it was like to live in Neijiang. From the start then, my writing hasn't viewed China as a topic, or even as an argument. I'm writing about a place – a community – where I live. I'm far less interested in what China *means* – economically or geopolitically – than I am in what China *feels* like today. In a time of rapid change, I'm capturing moments for posterity, for readers a century from now. I see my role as that of a camera, recording people whose voices are unheard by novelists and mainstream media, both Western and Chinese.

After finishing my two years in the Peace Corps, I moved to Beijing, where I taught English at a bilingual school that team-taught literature and history. For example, I would explain how the West considered ancient Rome – art, democracy, engineering -- and then my Chinese colleague would give the Party-approved take in Chinese – colonialism, mob rule, engineering. Or I would teach the translated version of Lao She's *Camel Xiangzi*, while she would comment on the Chinese version, whose ending – unlike the first American edition – had not been changed so that its characters lived happily ever after.

As you can imagine, this job taught me many things, but as a writer it reminded me that for all of the external changes swirling around me in Beijing, some things – especially politics – remained unchanged. It was also a reminder that I knew nothing about Chinese literature. How could I write about a civilization without reading it? Alongside my middle school students, I read *Outlaws of the Marsh*, *Dream of the Red Chamber*, *Journey to the West*, and works by, among others, Lu Xun, Shen Congwen, and Lin Yutang. The latter was encouraged by Pearl Buck to introduce China to Western readers.

In his 1935 book *My Country and My People*, Lin gave me helpful advice, and also encouragement. Writing about a foreign country, "especially one so different from one's own as China's," he said, "is usually not for the mortal man . . . China is too big a country, and her national life has too many facets, for her not to be open to the most diverse and contradictory interpretations."

Reading this, I exhaled in relief. So I wasn't alone in feeling the pressure of "representing" China to the world through my words. "There must be a certain detachment," Lin continued, "not from the country under examination, for that is always so, but from oneself and one's subconscious notions, and from the deeply imbedded notions of one's childhood and the equally tyrannous ideas of one's adult days."

The question, Lin wondered, is "Who will, then, be China's interpreters?"

Not me, I thought. But then I stopped teaching in Beijing to work as a freelance journalist, including a stint stringing at *Time* magazine. For better or worse, journalists were – and still largely are – China's interpreters. As Lin Yutang wrote, China is simply too big of a country; diverse and contradictory interpretations of it have long been the norm. But it's also true that the many journalists I have known and worked alongside in China often chafed at their far-away editors' interpretations of the place, their story assignments, and the "corrections" to their reporting.

For an unattached writer, however, this presents an opportunity. As I became steeped in Western journalism and, via a year's study at Tsinghua University, in urban planning, I stopped asking others for permission (or funds) to write, and began researching a book on my own. You know it's time to write a book, I discovered, when the one you want to read doesn't exist.

In 2005, I moved into a dilapidated courtyard home in Dazhalan, the 600-year-old *hutong* neighborhood just south of Tiananmen Square. The house, once owned by a Chinese medicine merchant from Shandong, had been requisitioned by the state in the 1950s, and subdivided into what Beijing'ers call a *dazayuan'r*. A migrant couple from Heilongjiang lived in the room next to mine with their young daughter; an elderly woman whose husband, a KMT officer, had evacuated to Taiwan in 1949, lived in a facing room. We had no heat, air conditioning, shower, hot water or toilet. I lived there for two years – in some ways it felt less like book research and more of another Peace Corps tour; I even taught English again, as a volunteer at the local elementary school and at the neighborhood's senior center, where my students rehearsed their official scripts as greeters for the 2008 Olympics. My monthly rent was 600 *yuan*.

I wrote the book -- *The Last Days of Old Beijing: Life in the Vanishing Backstreets of a City Transformed* – for a Western audience. My ideal, imagined, reader was someone browsing an airport bookstore, who reads the first page and decides to see Beijing through the eyes of residents in its oldest neighborhood as it faced destruction. Specifically, however, my audience was my mother, who has never been to a place she still calls "Red China." If I could make her care about my neighbors, these individual Beijinger's, then I could keep her turning the page to find out what happens to their homes and to their lives. The story's focus is on them, not the recording foreigner. After all, my mom knows all about me. The book begins:

The Widow opens my door without knocking. A trail of Flying Horse-brand cigarette smoke enters behind her. An old cotton cap hides coarse, mortar-colored hair, brushed back from her brow to reveal a gold loop in each ear. She wears a fleece vest and forearm mufflers that match the vermilion and crimson wood beams of our courtyard home. When I picture my neighbor the Widow, I see these colors -- dull whites and grays, lustrous yellows, imperial reds – and smell ashes and age. She is the shade and scent of our *hutong,* one of the lanes that lattice the heart of Beijing. The Widow has lived in this neighborhood for most of her eighty years. She can't imagine moving to the glassy high-rise landscape that encroaches from all sides. She often declares she will never leave. The Widow, like most *hutong* residents, will not have a choice.

"Little Plumblossom! Listen, you have to eat before class." I stand before her in a T-shirt and boxer shorts. The Widow scrapes the ends of a pair of chopsticks and places them in my hand. "Eat, Little Plumblossom!" She uses an endearment short for my Chinese name. I call her *da niang,* a term of respect for an elderly woman.

The Widow extends a steaming bowl of dumplings with two hands. Her eyes squint from the cigarette smoke curling up her sallow cheeks. She stuffed the dumplings with pork and chives, my favorite. "You know," she says, "it's too hard to cook for one person, so you have to eat these."

I always do what the Widow says.

My mother, I'm happy to report, continued to turn the page, all the way to the end. As did many other readers. Four years after being banned on the Mainland – a map shading Taiwan a different color was the rumored offense -- the book was cleared for publication. This, after my best graduate student at the University of Hong Kong's journalism school translated its opening chapters without telling me and sent them to several Beijing publishers – also without telling me. A Taipei-based publisher acquired the book around the same time. (In Taiwan, the book's title – 消失的老北京 ——is more accurate than the optimistic Mainland moniker, 再會，老北京.)

Suddenly, I had Chinese readers, including my *hutong* neighbors about whom I wrote. They demanded I use their real names, and include pictures of them, which I did.

My next book followed a similar pattern: I wanted to read a book about the northeast, formerly known as Manchuria. I also wanted to read a book about life on a contemporary Chinese farm. I found neither on any bookshelf in any language, and so moved to a rice-growing village in Jilin province. The monthly rent on my farmhouse, whose main room was dominated by a straw-fired *kang*, was 500 *yuan*. Three years later *In Manchuria: A Village Called Wasteland and the Transformation of Rural China* was published in English. The same Taipei publisher recently released a Taiwan edition, titled 在滿洲. The Mainland version comes out in 2017, though this time I prefer its title:

東北游記. Again its subjects demanded I use their real names, and also include their portraits.

Over the past few years, I have been interviewed on three continents in English and Chinese, written dozens of articles in both languages, and given talks at dozens of campuses, including Oxford, Harvard, Stanford, Peking University and National Taiwan University. I'm not boasting; this conference has simply made me realize that I don't often talk about my work, or see my role as unique, because in my mind the example set by Pearl Buck and Lin Yutang is far more deserving of attention.

Lin and Buck were truly bridges between the east and west, although in a sense they remain stranded between two worlds. Lin was a Fujian native, but his 故居 is on Yangmingshan, and he wrote his best-known books in America, and in English. Buck's childhood home in Zhenjiang has been turned into a museum that exalts her as a paragon of cultural assimilation. Yet in 1972, nine months before she died, she was denied a tourist visa to the People's Republic, citing "the fact that for a long time you have in your works taken an attitude of distortion, smear and vilification towards the people of new China and their leaders."

Interestingly, a younger generation of Chinese scholars has reconsidered her work. Buck's Mainland translator, a Nanjing University professor, read her for the first time while a student at Harvard. So many classmates asked him what he thought of Buck's portrayal of China that he finally read the writer who only knew as a banned bourgeoisie. "She was a revolutionary," he told me. "She was the first writer to choose rural China as her subject matter. None of the Chinese writers would have done so; intellectuals wrote about urban intellectuals." The professor believes Buck's books should be considered Chinese literature.

I make no such claims for my own work – after all, as Pearl Buck first taught me, *Wo shi Meiguoren*. I remain, and always will be, a foreigner. I'm proud, however to be considered a global Chinese writer, a label I much prefer to *laowai*.

As an outsider, it is perhaps easier to maintain the "certain detachment" that Lin Yutang said was necessary to be an interpreter of a place open to the most diverse and contradictory interpretations. But of course I have a deep affection for the land and its people. I learned China from the ground up, and will always write from down there, transmitting voices whose stories, I hope, will keep readers on both sides of the Pacific turning the page. I also want to know how their stories end.

Michael Meyer's *Into the Middle Country: Learning China from the Ground Up* will be published worldwide by Bloomsbury in 2017. As an Associate Professor of English, he teaches nonfiction writing at the University of Pittsburgh.

作者：美籍非虛構寫作作家，美國匹茲堡大學教授。文章曾多次在《紐約時報》、《時代週刊》、《金融時報》、《體育畫報》、《洛杉磯時報》、《華爾街日報》及其他報刊發表。曾獲古根漢獎（Guggenheim）、紐約市公共圖書館獎（New York Public Library）、懷亭獎（Whiting）、洛克菲勒獎（Rockefeller Bellagio）、洛威爾湯瑪士獎（Lowell Thomas Award）等殊榮。著有《在滿洲：探詢歷史、土地和人的旅程》、《消失的老北京》等書。

譯者：鄭怡庭，美國華盛頓聖路易斯大學中文與比較文學博士，曾任臺灣師大國際漢學研究所助理教授，現為臺灣師大東亞系助理教授、臺灣師大全球華文寫作中心北美事務長。學術專長為北美漢學、晚清小說、翻譯小說、現代文學。著有期刊學報論文多篇，近年深入高中帶領學生研讀中西文學經典。

跟隨賽珍珠與林語堂的腳步——梅英東

　　首先，我必須說明，在全球華文寫作領域中，我既不是一位實踐者，也不是這個領域的使者。我生長在美國，確切一點來說，是生長在密西西比河的上游。對當地的人來說，「國際」一詞，指的就是加拿大。大學期間，我在歐洲待了一學期，我的歐洲之旅讓我成為整個家族裡第一個出國，也是第一個擁有護照的人。我也是家族中唯一一會說外語──西班牙語的人。因此當我申請由美國聯邦政府贊助、為期兩年的「和平護衛隊」一職時，我期待他們把我送到瓜地馬拉、尼加拉瓜，或是世界上任何講西班牙語的地方。

　　可惜天不從人願，負責分發的長官將我分配到馬拉威。我只能苦笑，然後婉拒。一個星期後，這位長官又打電話給我，問我是否願意去土庫曼。我回答：「不去！」他再問：「那蒙古呢？」我回答：「還是不去！」「斯里蘭卡呢？」我只笑不回。「海參威呢？」我笑得更大聲了。「那其里巴斯怎麼樣？」我從書架上拿出一本地圖集，試著找出那個地方到底在哪裡──原來它是一座位於大洋洲上的環礁小島，更別說會有任何一道西班牙美食或料理。電話另一頭的人嘆了一口氣，不耐煩地說：「老兄，這不是高級旅遊團，是『和平護衛隊』！你不能想去哪就能去哪！」但是，這些都不是我想去的地方，所以我不斷地回答：「不去！」「不去！」「不去！」⋯⋯

　　隔週的星期五，我的電話又響了。「那中國呢？」我眨了眨眼，用力地吞了吞口水，回答：「我不知道中國也有『和平護衛隊』。」他說：「中國那邊才剛開始。你得在三週內出發。我會用快遞把相關的資料寄給你，但是快遞公司週末不上班，你可以到機場去領快遞嗎？星期一告訴我你的決定！」

這件事發生在 1995 年，我當時二十三歲。對於中國的了解，除了美食，以及馬上浮現在腦海中的六年前收聽現場廣播得知的「天安門事件」外，其餘皆一無所知。1989 年 6 月 4 日那天，我將我的福斯金龜車停到路旁，忍不住落下淚來。我從沒受過這麼大的震撼。我不認識任何中國人，從未讀過任何一首中國詩人或作家的作品，無法在地圖上指出北京在哪，更不用提臺灣海峽的位置——但是突然間，這件世界大事像戳破氣球般地，刺穿了我青少年時期巨大的自尊心。

大學期間，我對中國始終非常陌生。我曾經問過一位駐校的旅行社代理商關於往返北京的機票價格，她回我一種「你自己猜」的眼神。我在大學學習西班牙文，擔任記者掙錢，並被訓練將來成為一名英文老師。「和平護衛隊」的最後一通電話打到我的高中教室。「中國，去不去？」「三週內出發！」我連筷子都不會用，更別提說出任何一個中文字！我把房子解約、賣掉我的車、替我的貓找到新主人，也和我的女友分手。為了準備去中國，我到市立圖書館詢問館員和中國有關的書籍；她帶我走到書脊上有紅線的、非小說類的書架旁。我的手指順著二十世紀人口成長的數字移動：《四億消費者》、《五億人口居住的土地》、《八億人口：真正的中國》、《四人幫與九億人口》、《世界四分之一的人口》、《十億人口》、《半個世界》。

「賽珍珠如何？」館員如此建議。

透過賽珍珠的作品來認識當代中國，就像透過狄更斯的作品來理解現代倫敦一樣；但她筆下與時代不合的作品中卻充滿了溫暖與愛心，期望能去看見這個地方，以及這裡的人們——視作獨立的個體，而非人口。

在二戰期間，賽珍珠對即將前往雲南的美國大兵們說：「如果你們願意真心地接觸中國，那就別拿中國跟世界上其他國家做比較。你們會在中國街道上發現許多美麗的事物。如果出國只是不斷地抱怨事物和家鄉的不同，那為什麼要出國呢？」

我將她的建議抄寫在一張紙上，像一張印有吉祥文字的幸運餅內的小紙條，就這樣把它塞進我的皮夾內。（當時我還不知道幸運餅原來是居住在舊金山的日本人所發明）紙條上印著「願意真心地接觸中國，你將發現許多美好的事物。」我還抄下這位說著一口流利中文、生長在蘇河旁，後來獲得 1938 年諾貝爾文學獎得主的另一段話：「也許你應該學會講的第一句中文是：我是美國人。」

在橫越太平洋的飛機上，我不斷練習「我是美國人」這五個字。我完全沒想到我的人生道路居然從此轉了個彎，未來的二十年裡都在撰寫有關中國的文章。

在中國的前兩年，我住在四川內江畫家張大千的故居畫室。（在中國，內江是個沒沒無聞的小城市。所以您可以想像當我第一次到訪臺北，走在臺北的內江街上所感受到的驚奇！）所有的事情對我來說都是全新的體驗，但我很快就了解到，大部分的事對於我的學生而言也是如此。和我的經歷相似，他們也是家族裡第一個考上大學的一代，身上背負著父母期望他們受大學教育、找到好工作，不用像自己一樣辛苦種田的期望。但是中國的經濟已經脫離原來保證有「鐵飯碗」的年代，這些孩子們整天忙著學習新鮮事物，例如：如何謀得教職、如何搬到像深圳那樣充滿無限機會的城市，如何辦手機、如何上網、如何學會開車、如何談戀愛、如何學習外語，如何了解這個新的中國。

　　我想到賽珍珠的建議——願意真心地接觸中國——便將自己投入在這個地方。結果是，當我為美國新聞報紙撰稿時，我並不是在解釋「中國」，我反而比較像是在描寫居住在內江的生活情況。打從我開始寫作，我從未把中國當做一個「主題」，甚至當作一種「論述」；我只是在描寫一個地方，一個社區——一個我居住的地方與社區。我對於中國當下的感覺遠遠高於中國在經濟上、地緣政治上的意義；在這個變化劇烈的年代，我為百年後的讀者捕捉歷史，像一臺照相機，記錄那些被中國和西方作家、主流媒體忽視的聲音。

　　完成兩年「和平護衛隊」的服務後，我搬到北京。我在北京的一所雙語學校與其他老師合開文學和歷史課程。當然，我負責雙語中的某些英語部分，比方說，我會用英語解釋西方世界如何理解古羅馬的藝術、民主、工程等等，然後與我一起合開的中國老師則用經過黨同意的內容以中文教授古羅馬殖民主義；或者，我教老舍《駱駝祥子》的英譯本，中國老師針對中文版作出評論。這個中文版本不像美國譯本第一版，並未更改，所以祥子在故事結尾過著幸福快樂的日子——可想而知，這份工作讓我學到不少。但是身為一個作家，我觀察到生活周遭不斷在變化的北京，在某些方面，尤其是政治上，仍然一成不變。我也認知到自己對中國文學一竅不通。假如我對中國文學一無所知，我要如何書寫關於中華文明的題材？我和我的中學學生們一起閱讀《水滸傳》、《紅樓夢》、《西遊記》，和魯迅、沈從文、林語堂的作品。其中，林語堂更是受到賽珍珠的鼓勵，將中國介紹給西方讀者。

　　林語堂在 1935 年出版的《吾國與吾民》給我很大的啟發和鼓

勵。關於書寫一個不同文化的異邦,他寫道,「特別是中國這樣
與其他國家差別如此之大的異邦,往往不是凡人所能勝任的。」
中國是這樣一個偉大的國家,國民生活如此複雜,對她有各式各
樣、甚至是相互矛盾的闡釋,都是很自然的事。

　　讀到這裡,我終於鬆了口氣。我並不是第一個對使用文字
「重現」中國而感到壓力的作家。「必須具有一種應有的冷靜公
正的態度,」林語堂接著說,「他還不應該接受自己下意識思維
的影響、不受從小養成的觀念影響,更不能受成年人所有的專橫
思想的影響。」

　　林語堂問:「那麼,誰來做中國的解說員呢?」不會是我,
我自忖。之後,我辭去了北京的教職,成為一名自由記者,包括
在《時代》雜誌擔任一陣子穿針引線的工作——無論如何,新聞
記者大致上仍然扮演詮釋中國的工作。正如林語堂所說,中國真
的太大了,多元和矛盾早已成為詮釋中國的常態。但必須承認的
是,我認識的許多在中國工作的記者朋友,都對那些遠離報導所
在地的主編之於該地的詮釋、工作分配以及給予他們報導的「更
正」都深感不滿。

　　對於一個沒有任何包袱的作家而言,這是個契機。隨著我對
西方新聞界的涉略越來越多,再加上上了清華大學一整年都市計
畫的課程以後,我停止徵詢別人同意發表的內容,也不再尋求財
務上的贊助,開始為我的專書展開田野調查。我發現,如果你真
正想讀的書並不存在,你自己便會知道是時候動筆了。

　　2005 年,我搬到天安門廣場南邊那已有 600 年歷史、但現在
已經殘破不堪的大柵欄胡同那裡。這間房子曾有一任屋主是來自
山東的中藥商,在 50 年代政府收歸國有之後,才被再分割成北京

人口中所說的「大雜院兒」。住在我隔壁的是一對來自黑龍江的夫婦和他們年輕的女孩兒；對房則是一位年長的婦人，她擔任國民黨官員的先生在 1949 年隨著國民政府撤退到臺灣。這個地方沒有暖氣、沒有冷氣、沒有浴室、沒有熱水，也沒有廁所。我在那裡待了兩年。這兩年與其說是為了寫作的田野調查，還不如說比較像另一種「和平護衛隊」；我在附近的國小和老人中心擔任英語志工老師，還幫他們排練官方迎接 2008 年北京奧運的腳本。當時我的房租是每個月六百元人民幣。

　　我為西方世界的讀者完成《消失的老北京：陪著老北京走過最後的日子》一書。在我的想像中，理想的讀者是那些在機場書店讀完我作品的第一頁以後，決定透過歷經破壞的居民的眼去見證老北京的人；確切一點，我的讀者是我那位從未踏上中國土地，對中國印象仍然停留在「赤色中國」的母親。如果我可以讓她關心起我的鄰居、這一個個的老北京人的他們的鄰居，那麼我就能讓她翻動書頁，找出到底是什麼發生在他們的家和生命上面。我故事的焦點在他們身上，並不在記錄外國人。終究，我母親可以透過故事了解我的一切。故事是這樣展開的：

　　　老寡婦門也沒敲，就走進我的房間，身上飄過一股「飛馬牌」香菸的味道。一頂老舊的棉帽遮住了她蓬亂的花白頭髮，露在外面的部分則梳向腦後，彷彿是為了炫耀耳朵上的那對金耳環。她穿著一件羊毛衫，戴著手套，和這間四合院內的深朱砂紅色橫樑很相配。當我看著這位鄰居老寡婦時，我看到了一些顏色：暗淡的灰白色，亮麗的明黃，沾染著皇城氣息的朱紅，當然還散發著灰燼與歲月的味

道。北京的心臟地帶縱橫交錯著無數條狹窄的胡同，而老寡婦就是我們這條胡同的縮影與代表。她八十年的人生大部份都是在此地度過，她也無法想像自己有一天會搬進從四周逐漸蠶食胡同的摩天建築，閃閃發光的玻璃外牆晃得她睜不開眼睛。她總是鄭重其事地宣稱自己永遠也不會離開。然而，老寡婦，以及大多數住在胡同裡的人，都將別無選擇。

「小梅！聽我說，上課之前你必須吃個飯。」我站在她面前，身穿一件 T 恤和四角短褲。老寡婦擦了擦一雙筷子的頭，遞到我手上。「多吃點兒，小梅！」她親切地喊著，小梅是我中文名字的簡稱。而我則叫她「大娘」，這是老北京人對老年女人的尊稱。

她將一碗熱氣騰騰的餃子捧到我面前。手中的香煙冒出煙霧，沿著她萎黃的臉頰蜿蜒上升，熏得她眯起了眼睛。她包的是我最愛吃的香蔥豬肉餃子。「知道不？」她說，「做一人份量實在太難了，所以你必須把這些全吃光。」我總是會奉命行事。

　　我非常高興地向大家報告，我的母親讀完第一頁之後翻頁了，而且她把整本書都讀完；其他的讀者也是如此。中國政府把我的書列為禁書，（相傳被禁的主要原因是書中有一幅地圖臺灣的顏色和中國不同）四年後，《消失的老北京：陪著老北京走過最後的日子》終於被准許出版。在那之前，我在香港大學新聞學院最優秀的研究生，在我不知情的情況下偷偷地翻譯了前幾章，然後，一樣在我不知情的情況下，偷偷地將譯本寄給北京的幾家

出版社；與此同時，臺北的八旗文化出版社也取得了繁體中文版的版權。（臺灣《消失的老北京：陪著老北京走過最後的日子》的標題比大陸《再會，老北京》的翻譯更為準確）

突然間，我一下子擁有了包括我書中提到的胡同鄰居的中文讀者群；他們要求我使用他們的真名並且附上他們的照片，我也答應了他們的要求。

我的第二本書採用類似的模式。我想找一本關於滿州或中國東北的書來閱讀，我也想讀關於中國現今農村生活的書，然而翻遍書架，我找不到有用任何語言描述過這些事的書籍──所以我就搬去吉林省一個生產稻米的農村。我租了一個有炕的農舍，月租是五百元人民幣。三年後，我出版了《在滿洲：探尋歷史、土地和人的旅程》英文版；繁體中文版仍由八旗文化出版，簡體中文版則將在 2017 年問世。相較於繁體中文版的書名，我個人更喜歡簡體版的書名《東北遊記》。和上一本書一樣，書中的當事人要求我使用真名並附上他們的照片。

過去幾年，我曾在三大洲用英文與中文接受訪問，也用中、英文發表了幾十篇的文章；在牛津、哈佛、史丹佛、北京大學和臺灣大學也做過幾十場的校園講座。並非是自誇，這個國際研討會讓我了解到其實我並不常談論自己的作品，或者覺得自己很特別，因為在我心中賽珍珠和林語堂所樹立的典範更值得被大家關注。

林語堂和賽珍珠即便分處於兩個世界的困境，卻真實地成為東方和西方之間的橋樑。林語堂是福建人，他的故居卻在臺北陽明山，他在美國用英文寫出他最有名的作品；賽珍珠在浙江的童年居所也早已被改建成紀念館，成為文化融合的模範建築。然而

在 1992 年，賽珍珠逝世前九個月，中華人民共和國拒絕給她入境簽證，原因是：「『賽珍珠』長期以來在作品中扭曲、污蔑和誹謗新中國的人民和領導者。」

　　有趣的是，年輕一代的中國學者重新審視了賽珍珠的作品。她的中文譯者，一位南京大學的教授，在哈佛大學求學期間才開始接觸她的作品——因為有很多同學在課堂上問他對於賽珍珠筆下的中國的看法。他終於開始研究這位因被禁書而出名的資產階級作家。「她是個革命份子，」他告訴我，「她是第一個以中國農村為寫作題材的作家，沒有一個中國作家能夠做到像她一樣。知識份子只會寫關於城市的知識份子的事。」這位譯者教授覺得賽珍珠的作品應該被視為中國文學。

　　我無意將自己的作品歸為中國文學——畢竟，賽珍珠一開始就教我：「我是美國人。」我依舊是個外國人，也永遠是個外國人。我對於被視為一位全球華文作家感到驕傲，然而和這個「全球華文作家」相比，我還是比較喜歡被稱作「老外」。

　　身為一個局外人，也許正如林語堂所說，我比較容易採取「冷靜公正的態度」去詮釋這塊多元且相互矛盾的大地。是我對於這塊土地和土地上的人民有著深厚的情感——我從這塊土地學習中國的事物，也從這塊土地找尋寫作的題材，更介紹這塊土地上人們的故事給我的讀者。我希望能繼續讓太平洋兩岸的讀者對我的作品愛不釋手，一頁一頁地往下翻；並且，我也想知道他們的故事如何結尾！

寫梅英東——顧玉玲

作家，社運工作者。曾獲時報文學獎、懷恩文學獎、臺北文學獎等殊榮。2005 年發表以臺灣女性外籍勞工為主角的報導文學短篇小說〈逃〉，獲第 28 屆時報文學獎報導文學首獎，而後著《我們：移動與勞動的生命記事》，獲臺北文學金獎、中國時報開卷十大好書、香港亞洲週刊華人十大好書、桃園年度之書，2013 年編《拒絕被遺忘的聲音：RCA 工殤口述史》，獲金鼎獎年度圖書大獎，2015 年著《回家》，獲 2015 年臺北國際書展非文學類最佳圖書、中國時報開卷十大好書、金鼎獎文學類最佳圖書。

2016/06/28 11:03

聚焦梅英東在臺灣出版的二本書：《消失的老北京》（八旗，2013）與《在滿洲》（八旗，2016），他擅長細筆寫人生，重筆寫歷史。在勢不可擋的急拆與擴建中，北京的胡同與東北的大荒地村，恰似整個當代中國的縮影。梅英東寫出一城一鄉的日常生活與情感交流，那些在地人失落、無奈、抵抗、失望與希望的盤算，以及可預見的損害、不可挽回。寫人物，書中呈現大量的日常對話以保留在地人的敘事觀點，有橫向的交錯發展；論議題，梅英東發揮記者的敏感度，以實地考察與訪談、收集史料與新聞，進行縱向的參照與分析。

若要將這二本豐富精彩的民族誌書寫，找出背後共通的政策脈絡，也許可以簡化概括地說：中國從中央到地方，結合市場經濟與發展主義，全力邁向不容置疑的「農村城市化，城市現代化」。

無論城市還是農村，開發商的廣告辭令，都以新北京、第一村作為集體夢想的無窮開拓，而非舒適怡人的生活環境。書中援引梁從誡借用毛澤東的批評認為這就是「殖民地心態」：模仿所有來自西方的東西，「只要不是我們自己的，就是好的。」（《消失的老北京》，頁 387）。中國強大的過程中，有人快速致富，有人則被排除至邊緣，無可依歸。在土地房屋的買賣拆遷中，建立的是規格化與隔離的公寓住屋，被一舉掃掉的，是舊有的生活方式與村里關係。

作為一名非虛構寫作者，梅英東擅用了他身分的多重性：外國人、洋女婿、觀光客、新聞記者、英語志工、長期居留者、歷史研究者，唯其如此而構成他獨特的觀看視角。

異鄉之眼，多被差異吸引，時時覺察不習慣之處，也常常帶著警醒的反思。胡同裡欠缺的私廁、隱私、暖氣，因異鄉人的格

格不入更加顯眼，具身體感的描述，詼諧又不帶評價。作為一名說英語的白種人，梅英東也很自覺其身分具備「不勞而獲的尊榮」（《在滿洲》，頁 50）。在一個朝向西方現代化大步躍進的當代中國，梅英東可以使用英語教學成為備受當地人禮遇的志願者，快速建立接合在地生活的路徑。

「胡同朝內看，最吸引人和最鮮活的部分都隱藏在大門和牆壁之內。」（《消失的老北京》，頁 33）。梅英東於是選擇住進去，到胡同租屋長居，感受生活的氣息、人的日常，和被書寫對象共同生活。他的筆觸細膩、有好奇心、飽含情感，也有幽默感，擅長以日常生活的對話與敘事，挑起矛盾與衝突的刺點，時間拉長了也看見更細微的變化。特別在迎接奧運的這個重要關頭上，胡同裡每個人的生活都大受震盪，有限的選擇與沒得選擇，都是共同居住者感受承擔的巨大張力。他且使用自己在胡同國小的梅老師身分，有機會介入基礎教育的現場，提出對不同體系的學習參照與第一手觀察。

到了《在滿洲》，梅英東寫下一年四季的東北農村，道路拓寬了，溫泉會館開設了，花開了，雪下了，農務轉換成農企到底是個好的發展嗎？農民住進公寓，未來還種不種田？他審視歷史，細描當下。較之寫老北京，梅英東寫滿洲的筆調更揮灑自如，敘事與評論交錯自如，穿插更多作者探訪的身影，以及姻親關係獲得的高度接納，人與人之間有了更多過往與現今的連結，他也被捲入無休止的詢問子嗣的關注迴圈裡。進入東北，他的妻子法蘭西斯是重要的牽引，梅英東也側寫法蘭西斯初到美國的異鄉人心情，兩相參照，有更複雜多元的異鄉滋味，而書末兩人的異國婚姻即將誕生下一代又彷如一個希望開展的。

　　兩本書都提到「接地氣」，踏踏實實與土地相連的生活樣貌，以及鄰里間關係緊密的生存脈絡。在城市與農村快速的拆與建中，立即毀壞的多是過往的社群與生活方式。梅英東筆下共同居住的人們，拉長了時間看，有立體的人際網路，人與土地的關聯在不同時期因應條件變化而有不同盤算。老北京裡的老寡婦、大兵劉、韓先生、朱老師；或者是東北農村的三舅、關先生、三姨、與三姨丈，都在順時序的敘事中，在個人與集體政策的杆格中有了相對應的轉變。在胡同將拆未拆的疑慮，在農舍要賣不賣的徬徨，他們各以行動說著自己的故事。

　　非虛構寫作根植於真實資料與現實口述。梅英東的書寫策略，穿梭在歷史與現實之間，以今昔對比的映像剪輯，豐富某個地標或區域的意義。他大量閱讀文獻資料，從而組織史實再現，並選定部份地點進行實地的探勘，追溯今昔對比；在泛黃的歷史資料裡，加添了此時此刻的鮮活互動，穿越劇一般來回對照，讓歷史不只是歷史，當下的尋找與過往的敘事發生在同一個脈絡裡相互勾連。除了生動的細節描述之外，梅英東也以記者身分進行正式採訪，從官方、志願者、抗議者、日俄戰爭倖存者、到董事長、官員、博物館長，這擴大了他的書寫廣度，讓不同立場的人說出不同的盤算與想像。

　　兩本書，都在探討市場經濟結合中國崛起的過程，在底層人民的生活中，到底發生了什麼變化？官商勾結，一切以經濟利潤導向為主軸的發展主義，特別在住屋的拆與建中，與常民生活產生了尖銳的矛盾與衝突。城市房屋從照顧市民的福利，變成可販賣的商品；農村的稻田，從集體共有到家庭私有，下一步可能就是徹底自由販賣了。這到底是誰的發展？

　　「無形巨手」由土地資本的力量操弄，挾著人們對現代化的追求，以及地方政府因土地所有權轉讓增加財政的利益，官商勾結，土地成為投機買賣的標的。在城市，發展經濟優先於一切，新北京的交通堵塞、社區破碎、缺乏公共空間，也沒有低收入者的公共住宅：這座城市把它的「社會主義」福利政策抵押給市場經濟（《消失的老北京》，頁145）。迎接奧運這個尖端浪頭上，更多的拆毀為了邁向現代化，但同時間，傳統文化作為觀光賣點也諷刺地浮現。中央及地方政府花了很大的經費重建及修復文化遺產，有形的如長城、故宮，無形的如廟會、本土小吃、皮影戲等文化亮點，但常民生活中自然形成的胡同文化與社會脈絡，卻也等速摧毀。所以梅英東提出「什麼才是值得保留的文化」？修復一項有形資產可算計後續營收且募款容易，但維持整個社區無形的社會結構及生活方式，卻是難以算計的。無形巨手只會撕裂而不會修復老社區，但消失毀壞的，是整個從土地與人的關係中長出來的在地文化，他們不像故宮或長城可以重修以販賣為觀光材料，看不見的生活方式在市場上賣不到價錢，還被對比為現代化的暗面要一舉拆毀。

　　農村的變化，也循著商業化的發展模式，建國之初土地重分配的革命意涵，早已被經濟利潤導向所取代。滿洲的老城區從工人育樂中心，變身為高級俱樂部，「老城區的中心正在回歸其舊有的作用，變成權貴和菁英階層尋歡作樂的場所」（《在滿洲》，頁103）。這無非是歷史的諷刺。更尖銳的反諷無疑是中國最末一個皇帝溥儀，梅英東重述了一遍溥儀的人生，他如何從被推翻的帝制到受日人擺佈的兒皇帝，最後又在解放後成為溫室的園丁，成為舊時代蛻變為新時代的樣板人物。更大的荒謬還在

後面，經濟自由化後，溥儀的帝王風水竟也可以被拿來販售成為有錢人墓地的廣告。

夾著市場經濟洶洶來襲的無形怪手，所到之處無堅不摧。梅英東引用 1998 年平安大街工程大辯論時，媒體上某位不具名的前市政領導針對過往梁思成保留城牆的主張表示：「工業化在過去幾十年來沒有破壞的東西，商業的飛速發展在過去幾年內就輕而易舉地破壞了。」（《消失的老北京》，頁 393）我想這很具體地說明了，城市或農村的拆與建，背後最大的催力正來自商業化。而商業化與現代化的結合，官商有志一同，這樣的發展似乎再無所辯駁了。

看梅英東筆下的中國，官商以經濟利益優先於在地文化的發展，臺灣一點都不陌生，且已然以現在進行式在各地風火進行中，無形怪手的摧毀力道無往不利。本文無法一一舉例，但我想引用梅英東在老北京的一段描述，作為這篇文章的尾聲。在老北京裡，梅英東帶六年級學生去看一塊工地的歷史遺跡，一名文物保護局的考古學家正搶救即將被堆土機剷平的、疑似有二千年歷史的漢朝聚落文物。透過梅英東的敘事，我們看到團隊的挖掘工具簡陋，經費欠缺至沒法申報車資，搶救工作艱辛且即將終止，但當地農民都想住進公寓而無人抗議拆遷。對此，小學生們有一段對話如下：

> 「我都不知道歷史就在我們身邊！」
> 「歷史就是我們，笨蛋！」（《消失的老北京》，頁 127）

歷史就在身邊，歷史是我們。以此為鑑。

敘事的追求——李志德

作家，資深媒體人。著有《無岸的旅途：現在時代困局中的兩岸報導》、《海風泱泱：從忠義計劃到拉法葉艦的故事》等非虛構寫作。

　　我是一個做新聞工作的人。在臺灣，這個工作慢慢和「立法委員」、「賭場圍事」或者「安非他命藥頭」一樣，變成了一個你自己說不太出口的行業了。主要是因為很多人都相信——有時我們自己也深信不疑——我和我的同業們，給近十年的臺灣帶來的是「弊大於利」。

　　今天翻開報紙或者新聞性的周刊，大家總抱怨「文章不好看」！這是事實。但坦白講，比起例如發不查證的即時新聞、抄爆料公社或者未經人家同意就抄他的臉書發新聞……種種這些罄竹難書的惡行，「文章不好看」這種「惡行」恐怕是情節最輕微的，因此抱怨這件事，似乎也顯得格外奢侈。

　　但是，有沒有可能問題是反過來的？寫作者失去了對「新聞好看」的追求，才是問題的源頭？

　　Costdown！各行各業現在都在講這個字，但新聞工作裡的costdown 除了指金錢外，有沒有可能還包括了其它的成本，例如我認為經營一個「好看」的報導必定要付出的「敘事成本」：篇幅。

　　我們就從這裡切進今天的主題，梅英東先生的作品好了。《消失的老北京》和《在滿州》讓今天在臺灣的我們異常驚艷的原因，首要的原因恐怕還是政治：它呈現了一個在臺灣的我們長年以為我們很了解，但其實很陌生的中國。《在滿州》尤其是如此。不過在今天這個場合，需要深究的不是這部分。

　　第二個，也是我們在這裡要多談一點的，是梅英東先生的作品替我們找回了在本地媒體中失落已久的一種文類：報導文學。

　　「報導文學」是一個複合詞：「報導」是它的任務和本質，「文學」意味著美感和書寫上的精緻程度。然而在臺灣，翻看近

十多年來的媒體上，讀者真的很難找到有文采，或者經營敘事非常精緻的新聞報導。取而代之大致就是幾種套路：

第一種：

對於 XXXX 事，馬英九表示⋯⋯。

馬英九說⋯⋯。

但蔡英文反駁⋯⋯。

通篇報導，就這樣「A 說」、「B 指出」、「C 表示」、「D 反駁」⋯⋯就結束了。

第二種：

「對於光華社區的拆遷案，遲遲不搬遷的社區住戶控訴政府和建商勾結，黑箱作業⋯⋯。」

這兩種套路相信大家都很熟悉：第一種就是「有話照錄」，我們聽到了「話」，但讀不到說話者的聲音、神情、氣色，更欠缺這段發言所處的環境的描寫。

第二種是省去所有細節，用高度概括性的概念來寫作一起新聞事件。既然要求概括，不同事件使用的詞彙就會變得非常近似，故事只剩輪廓而沒了肌理，這一案與那一案少有區別。所有的故事都被「總而言之」成：「官商勾結，黑箱作業」。

但在這裡必須要強調：凡存在即合理。新聞工作者不會不知道自己的作品不好看，不精緻。但臺灣的新聞寫作之所以呈現出今天這樣的樣貌，反映的更多是新聞這個行業的產經背景。其中一個最大的觀念誤區是：電腦網路時代必定淘汰長文章。

差不多就在我進入這一行前後，1990 年代中期，電腦開始引進報社做為編採作業的工具；網際網路也在同一時間興起。新聞圈的「資訊時代」就這樣被堂堂皇皇地宣告出來，跟著確立的，

是一個現今想起來挺不嚴謹的觀念：資訊時代，讀者不愛看長文。在這樣的情況下，「精編」、「精寫」成了天條，以往可以裝 7500 字的一個版，現在只剩下 5000 字不到，在新聞則數不變的情況下，被「精簡」掉的內容有多少，可想而知。

再者，新聞的首要任務是「報導」、「紀實」，想要在有限的字數底下完成這項任務，最後演化出上頭我們嫌棄的這兩種套路，恐怕是必然的結果。

梅英東先生的作品，襯在這樣的背景上就特別顯得閃閃發亮。但要強調的是，梅英東先生的作品裡不是沒有這些「套路」，任何的非虛構寫作裡都要有這些內容，但關鍵在於有沒有足夠的篇幅來鋪陳和經營。

我們就來具體看一個例子，來說明梅英東先生的作品裡，是怎麼把這幾種類型的敘事以非常巧妙手法「織」起來。

- 《消失的老北京》，第四章「拆與保護」（p.71-98）
- 開頭，1928、35 和 62 年的三段歷史紀錄，說明北京的改變。（p.71-p.72）
- 接前一章的場景。（p.72）
- 北京城的概括描寫，注意它只有一頁不到，沒有長篇大論。（p.73）
- 回場景，帶出「鮮魚口」這個地方，讓「老張」出場。（p.73-p.75）
- 對北京都市改造、開發的歷史和制度比較詳細的描述。（p.75-p.78）
- 用更多的篇幅描寫拆遷的具體情況，「鮮魚口」和「老張」都在這裡用上了。（p.79-p.82）

- 制度的缺陷，以「南池子」為例。（p.83-p.87）
- 獨立的專業人士對拆遷案的批評。同樣的，篇幅也很精簡。（p.87-p.88）
- 另一個說故事的人，劉家麵館，一個政府「周旋到最後」的例子」，注意中間大量引用了非常有味道的，拆遷公告的原文。（p.89-p.92）
- 對「城市角落」的關照。（p.92-p.93）
- 收尾，回到劉家麵館，老張也在那裡登場，像一幕戲的最後一樣，主角都上臺，最後藉他們的口宣告：「這些人啊，還沒有意識到，生活就要大變樣了。」（p.93-p.98）

當我們把這一章拆零成各個部分，就可以發現其實這些個別部分有時在那些被我們嫌棄到不行的報導裡，也有相類似的寫法。但由於有相對足夠的篇幅，所以梅英東先生能夠細細描寫劉家麵店的廚房；老張筆下的「火柴人」；以及大段大段，乃至於整篇整篇抄下當局「勸告」住戶儘快搬家的公告原文，那公告的文氣一被概括就幾乎喪失殆盡。

同時也因為和這些人物、場景和氣氛的描寫交替出現，北京舊城區拆遷的制度演變，和拆遷補償的相關數字，也就變得不那麼冷硬難讀，儘管梅英東先生把它們寫得清清楚楚。

同樣地，《在滿州》這部作品裡，我們信手翻開例如第十三章「占領後的餘波盪漾」，同樣可以看到大歷史（來自史書）交織著個人生命史（來自訪談）；以及作者如何尋訪曾經載入歷史的一個村莊，撫今追昔。

梅英東先生的筆下，我自己感受到最突出的，是他記下的個人訪談，經常會有出人意表，意味深長的句子。例如在《消失的

老北京》裡，有一位拆遷戶楊先生告訴他：「我朋友有個 GPS，他記下來了老屋的座標。這樣將來我就可以帶孩子回來，站在酒店大廳裡，告訴他們，這裡就是我長大的地方。」（p.44）

　　這一句話裡蘊含的抗議力道，是怎麼概括都概括不出來的，要呈現這樣的力道，最簡單的方式就是受訪者原話照引。

　　另一種讓我印象很深的趣味，是梅英東先生對「牆壁文學」的著力描寫，除了拆遷公告之外，他對官方標語和民眾塗鴉的留意描寫，不斷給他的文章帶來現場感和小趣味。因而讀著這兩本各自達到四百頁上下的長篇作品，就成了一次美感體驗。

　　不管是為了享受而閱讀，或是當成文本來分析，梅英東先生的作品都讓我們重新意識到，精緻的報導寫作是需要敘事成本的；也不是每一篇報導，都應該變成讀者可以一眼看完（而且很可能不想看第二眼）的即時新聞。我們付出篇幅作為成本，追求精緻的敘事，儘管我們承認資訊時代真的搞得人變得更沒有耐心，但我們依然可以像珍惜奢侈品一樣收藏、把玩這些長篇文章。

　　這就是在當下的臺灣，我們值得細細讀梅英東作品的原因。

阿來 論壇

主持人
　洪士惠

發表人／題目
　阿來
　　我是誰？我們是誰？

討論人／題目
　梁鴻
　　阿來：現代「靈性」的建構者
　甘耀明
　　大智若愚──
　　《塵埃落定》的小說敘事美學

洪士惠

我是誰？我們是誰？——阿來

中國大陸藏族作家（嘉絨族），四川省作協主席兼中國作協第八屆全國委員會主席團委員。1982 年開始詩歌創作，80 年代中後期轉向小說創作，2000 年以其第一部長篇小說《塵埃落定》榮獲第五屆茅盾文學獎。著有詩集《棱磨河》，散文《大地的階梯》，《瞻對》、《空山》、《塵埃落定》、《格薩爾王》等長篇小說，《舊年的血跡》、《月光下的銀匠》等小說集，隨筆《落不定的塵埃》等著作。

　　我是一個用中文寫作的作家。依我的理解，中文就是中國人使用的文字。在更多情況下，這種語言有另一個稱謂：漢語。這個詞定義了這種語言屬於一個特定的民族：漢族。如果這樣定義，像我這樣的非漢族人，就會遇到民族主義者，又或者那種把文化多樣性作極端化理解的人義正辭嚴地責問，為什麼不用母語寫作？你不愛自己的民族？

　　中國地理版圖內生活著五十六個民族。國家憲法也認定，中國是一個多民族的國家，如果你要順利完成與所有人的交流，你就必須使用一種公共語言。所以，我更願意這樣介紹自己，說我是一個用中文寫作的作家。中文這個稱謂，我想是意味著，這是多民族國家的所有人共同使用的國家語言。大多數情況下，人們會把這種情形描述為一種單向的歸化——「漢化」。一種民族主義將此當成文化的勝利。另一種民族主義自然將此當成一種文化的失敗。

　　而真正的語言現實是，當一種語言成為國家語言，有許多其它語言族群的人們加入進來使用這種語言，並用這種語言進行種種不同功能的書寫時，其他族群的感知與思維方式，和捕捉了這些感知，呈現了這些思維的方式的表達也悄無聲息地進入了這種非母語的語言。於是這種語言——在全世界範圍內講是英語，在中國就是中文——因為這些異文化元素的加入，而悄然發生著改變。被豐富，被注入更多的意義。於是，一種語言就從一個單一族屬的語言變成了多族群多文化共同構建的國家語言。甚至有可能像英語一樣，成為一種世界性的語言。其實，對中文來說，這種建構是一直在進行的。比如魏晉南北朝時期，從書面上講，是佛經的大量翻譯帶來的這種語言的極大變化。這不止是一些新的

詞彙與句法的出現，更重要的隨著這些新詞與句法的進入，這種語言所表達的情感與精神價值產生了巨大的變化。人們常說，中國人的精神世界是儒釋道三教合一，那麼，佛教這種異文化的加入，首先是通過新的語言建構來實現的——語言建構在先，精神變化在後。不是中國人都成為了佛教徒，但大多數中國人的精神空間中，都有了佛教的精神氣質。

這種多文化建構與豐富國家語言的事實也廣泛發生在民間。今天，無論身處中國任何一個多文化多族群共生共存的邊疆地帶，那裡口頭語言交流中也正在發生很多新鮮的事實。不同的口音，不同的表達，不同的詞彙。我經常在邊疆地帶游走，其中最吸引我的因素之一，正是這樣一種意味深長的生機勃勃的語言現實：口音混濁的，詞彙雜揉的語言現實。那其實是一種語言的新的生長。

遺憾的是，很多時候，我們只是依憑一些落後於時代的意識形態工具，評判與描述充滿生機的語言現實，除了使我們自身陷於言說的蒼白與尷尬外，並無益也無礙於語言本身的豐富與成長。

我常問自己是哪個民族的人。在身份證上，我的族別一欄標注是藏族。在這個世界上，很多國家的身份證上並不需要標注你是哪個民族，在中國這卻是必需的。我生長在一直就是藏族聚居地的地方，從我寫作開始到今天，除了在一份叫做《科幻世界》雜誌做總編的十年間，寫過一些與族屬無關的普及科學常識的文字，我寫作詩歌，小說，電影，都取材於藏族的歷史或現實生活。所以，我就更該是一個藏族作家了。這種身份，也曾給我一種強烈的歸屬感與自豪感。

　　但現在，這種情形有所變化。

　　背景自然是民族主義的高漲。更準確地說，這些年來，與國家主義相混同的民族主義在中國高漲，同時也刺激了國內包括藏族在內的地方民族主義的高漲。就是在這樣的背景下，我的身份成為了一個問題，成為了很多人的質疑對象。是的，我是一個混血兒。我身上有一半的藏族血統。也就是說，我的身體內還有別的。血緣如此駁雜，但在我們習以為常的身份識別系統中，卻只能選擇一個族別。儘管這個選擇是完全自由的，但選擇了這一種，就意味著放棄甚至是否認了另外的血緣。而我所選擇的這個民族中，有些血統純粹的人，和我並不知道他們血統是否純粹的人就出來發動攻擊。他們大致的意思是，作為這個民族的作家，首先應該有純粹的血統，其次，再用這個民族的母語進行寫作。否則，就意味背叛。

　　今天的世界，越來越多的人，都在使用非母語進行交流溝通，也有越來越多的不同文化背景的人使用同一種語言創造新的文學。那些在非母語領域中的寫作而獲得成就者，已在文學領域中開闢出一片新的天地，創造出一種瑰麗而嶄新的文學景觀。可是在我所在的文化語境中，屬於哪個民族，以及用什麼語言寫作，竟然越來越成為一個寫作者巨大的困擾，不能不說是一個病態而奇怪的文化景觀。也正因為此，且不說我寫作的作品達到什麼樣的水準，就是這種寫作本身，也具有了一種特別的意義，這就是對於保守的種族主義與狹隘文化觀的一種堅決的對抗。

　　今天中國的文化現實，如此豐富與複雜，但很多時候，中國的知識群體，有意無意間，還在基於簡單的民族主義立場來面對這種現實，還常常基於對後殖民理論的片面理解與借用，機械地

理解與言說諸如「身份」之類的問題，而少有人去追問這種理論的現實根由與意識形態背景，不能不說是一種遺憾。

是的，我們生活在一個巨變的時代，現實複雜而豐富，卻很少可以依憑的思想資源，所以，我們一邊前行，一邊得不斷向自己提問，我是誰？我們是誰？

其實，也就是在向所有提問者回答，我是誰，我們是誰。

我相信，這也是我們今天所從事的文學工作，已然超越了文學本身，而具有了更重要更廣泛的意義。

阿來：現代「靈性」的建構者——梁鴻

作家，中國人民大學文學院教授。以中國現當代文學研究、鄉土文學與鄉土中國關係研究為主要研究領域。《中國在梁庄》一書曾獲 2010 年度人民文學獎、新浪 2010 年度十大好書、《新京報》2010 年度文學類好書、《亞洲週刊》2010 年度非虛構類十大好書等殊榮。著有《外省筆記：20 世紀河南文學》、《黃花苔與皂角樹——中原五作家論》、《新啓蒙話語建構：《受活》與 1990 年代的文學與社會》等學術專著，隨筆集《歷史與我的瞬間》、非虛構寫作《中國在梁庄》、《出梁庄記》等書。

在當代文學史中，阿來的創作具有獨特性和不可替代性。這不只是指他以一種異域的傳奇性寫出藏族文化和制度的變遷，寫出藏族人生的豐富形態，更重要的是，他的作品具有一種混沌的、溶萬物於一體的靈性。混沌背後是靈性和詩性，越混沌，越充滿原始的力量和人之初的真善美，它們和現實的卑俗形成一種張力，勾勒出人性的複雜和欲望，最終構成文本的結構和美學。

《塵埃落定》已經顯示出阿來對自己身處的文化的理解力和探索精神，它最核心的詩學特徵就是「混沌」。這裡的「混沌」並非指主人公的傻和善，而是其文化內部的靈性，這一靈性是由西藏的宗教、神話、雪山、寒冷和一代代藏人共同塑造出來的，具有史前人類的純樸和神秘。在現代社會的映襯下，它充滿著非理性的執著和頑固。阿來寫出這一「靈性」的美好和珍貴，寫出了「靈性」被毀滅的悲涼和人類巨大的失落。他並不是一個文化保守主義者，但卻熱愛著人類天真時代的品質。

這一靈性也賦予了阿來小說獨特的美學風格。《塵埃落定》創造了傻子與智者交織的獨白式語言，兼具天真和複雜，靈動和深刻的詩性。傻子的不通世事及與自然界之間的感知給小說添加一層魔幻色彩，但同時，因為他的不通世事，他又擁有智者最深刻的洞察力和直入事物的批判力。在二少爺的眼睛裡，萬物有靈，物我相依，充滿神的光彩，讓人崇拜敬畏，這恰恰也是藏傳佛教的精神內核和藏人生活的基本依據。《塵埃落定》中的修辭、比喻、韻律無一不是在把自然人格化，或者，甚至不能說它們是比喻或修辭，而就是思維方式本身。

《塵埃落定》讓我們看到人類逐漸失去的夢，它與民族文化形態有關，但更是關於普通人生與人性的。人類文明，不管是東

方還是西方，都在喪失詩性和天真。

在隨後的《格薩爾王》中，我們看到了一個沉浸於文化內部和尋找自我身份的阿來。歷史、傳說、神話、英雄，混沌的空間，人神共在的大地，作為藏族最經典的神話故事，如何讓它煥然一新，具有現代文學的品質？這是阿來必須面對的問題。除了重新界定人物的性格內涵外，阿來在《格薩爾王》的語言上進行了大膽的嘗試。它幾乎可以看作是敘事詩，融口語、詠唱和方言於一體。從表面看來，阿來放棄了現代漢語的修辭，回歸到民間語言和文體形式中，甚至，很有《聖經》體的元語言的意味。如果仔細閱讀，你會發現，阿來試圖在民間傳說和現代敘事之間尋找一個結合點，試圖讓作品既充滿傳奇性和吟唱性，同時又具備現代語言的抒情和節奏。

如果說《塵埃落定》、《格薩爾王》是在歷史的縫隙中尋找文化和人類生存的特點，結構傾向於封閉和內向的話，那麼，《空山》則直面當代的藏族村莊和命運。機村的巫師、大火，機村的思維和生活在不斷變幻的政治風雲和不斷逼近的工業文化中，正不可避免地遭遇著危機和衝突。阿來以一個微小的藏地村莊的命運，寫出當代政治下藏族文化形態的毀滅過程和藏人被侮辱被損傷的過程。

2014 年，阿來發表了非虛構文學作品《瞻對》，這可以看作小說家阿來的另外一種嘗試，即對真實的歷史進行真實的描述和思考。為寫此書，阿來重又走訪了瞻對及周邊的地方，搜集了大量關於瞻對的資料，進行對比、核查和思考。可以說，小說家阿來在此時同時也是歷史學家和人類學家，他不單是在考察一段神秘的藏地傳奇，更是對其中的文化方式和人性特徵進行邏輯思考

和歸納。

　　作為世界上最為古老的文化，藏地很容易被概念化和符號化，尤其是當代以來，它被包裹成某種詩意的、神秘的、時尚的商品，真實的藏族文化和藏人反而層層遮蔽了起來。這麼多年以來，阿來其實一直在做一個工作，即把藏族文化還原為活生生的、具有開放性的生活和文化，把被符號化的藏人還原為有血有肉的人，還原為普通之人和普遍之人。《瞻對》以最有說服力的形式和最為樸素的語言讓我們看到歷史真實的聲音，看到真實的藏人的選擇，他們的失敗、成功、偉大和侷限之處。

　　近兩年來，阿來寫了一批以少年為主角的中篇小說，如《三隻蟲草》《蘑菇圈》等。在這些小說中，阿來給我們創造了一個更加放鬆、開闊，但又充滿真實人生的世界。人與土地、植物之間不分彼此，互相生長，共同塑造出一種生活的形態。有童真和純真，但卻並不只是歸於天真和桃花源，頗為風趣地寫出了當代藏人的生活變遷及在面對現代生活時的選擇。這幾部中篇，充滿著對複雜人性有了深刻的理解之後的通透和渾然，呈現出阿來內部精神的爛漫和山高水闊的境界。

　　從最根本意義上講，阿來始終沒有遠離自己的「故鄉」，沒有遠離「故鄉」的土地、植物和空氣，他仍然是那個在森林裡面遊蕩的孩子，以好奇而溫暖的目光觀察並摯愛著所看到的每一細微的風景和事物。只有熱愛，及由熱愛產生的好奇、疑問、觀察和思考，才能產生文學，只有熱愛，及由熱愛所產生的包容和理解，才能夠把歷史和現實貫穿起來，看到其中的關聯和邏輯。

　　阿來既是在闡釋他所身在其中的生活和世界，同時，也在創造一種生活和世界。他看到藏族文化表層更深遠處的文化生命

力，看到這一人性方式背後的活力和現代性，也因此，他賦予了
藏族文化和人生具有現代意義的「靈性」。這一「靈性」不再是
封閉的和過去的，它古老，但並不衰老，它神秘，但並不愚昧，
它兼具古老文明和現代文明的雙重特性，成為連接過去和未來的
紐帶。

大智若愚——《塵埃落定》的小說敘事美學——甘耀明

作家，創作文類以小說為主，兼及散文。曾獲聯合報文學獎短篇小說獎、寶島文學獎、臺灣文學獎、林榮三文學獎、吳濁流文學獎等殊榮。小說中常融入客家語言、文化、歷史與生活元素，並與民間傳說、習俗、鄉野傳奇結合，被視為臺灣新鄉土文學代表作家。著有《殺鬼》、《邦查女孩》等長篇小說，《神秘列車》、《水鬼學校和失去媽媽的水獺》、《喪禮上的故事》等短篇小說集，並與李崇建合著散文《沒有圍牆的學校：體制外的學習天空》。

　　聲譽崇隆的《塵埃落定》，藏族民風的史詩小說，於 1998 年出版，是阿來的第一部長篇小說，於 2000 年榮獲第五屆茅盾文學獎。小說發生的時間約在二十世紀初的四川，由傳統藏族的土司制度——一種中國邊疆少數民族世襲的官職——在面對外來文化衝擊的跌宕中，展現人性真誠與生命哲學的神髓。《塵埃落定》最令人玩味與研究，絕對是由「傻子」的敘事角度所鋪陳的世界。這「傻子」身分設定在麥其土司的二兒子，由他娓娓道出故事，奇特迷人的敘事，文字詩意，讀起來充滿與時俱進的現代感，因此小說出版至今，歷經十餘年的時光琢磨，更加顯得其光芒。

　　麥其土司的二少爺，是小說主角，由二太太漢人所生，其傻，「方圓數百里沒有不知道我的，這完全是因為我是土司兒子的緣故」。二少爺的傻，生性膽怯害怕，看見老鼠便逃；但是，他對大自然有異於常人的感受，對人情世故，又有著處在高位而以熱眼看透人情糾葛的能力。這樣的主角，與其說是傻，不如說更接近生命的純真。

　　在小說的前幾章，作者阿來塑造了與二少爺相對的角色——大少爺，用以襯托兩者的差異。大少爺是麥其土司的藏族大老婆所生，聰明勇敢，驍勇善戰，從外地帶回了漢人黃初民為軍師，也引進了現代化軍械與罌粟花。軍械使得麥其土司有了強大力量，鞏固其在四川土司間的不墜地位；罌粟花也使得麥其土司迅速致富，飽賺銀兩，甚至引起周邊土司為了爭奪神奇種子罌粟而引發戰爭。在小說的前四章節裡，大少爺喜歡二少爺的憨直，二少爺欣賞哥哥的英勇。透過敘事者二少爺的反襯，大少爺是麥其土司未來的繼承者，這個「新英雄的誕生，就意味著原來的那個

英雄他至少已經老了」，掌權指日可待。

　　犯傻的二少爺，終於在第五章節之後展現其智慧。這種智慧，割裂了兄弟的情誼，逼得哥哥承認弟弟不傻，牽強附會成「那個漢族女人教他裝傻」。這種智慧的差別是：大兒子喜歡戰爭與女人，「對權力有強烈興趣，但是在重大事情沒有足夠判斷力」。這事故的原因來自於，因罌粟致富的麥其土司在封土的南北各蓋了官寨，由大少爺與二少爺去經營，形成競爭對比。大少爺性格如子彈，偏要往戰火裡鑽，不斷以武力攻佔他人領土，把土司鄰居當敵人，最後深入敵境，被人趁機攻無人戍守的官寨而輸。至於主角二少爺，性格如水，說其說柔弱，不如說是「水利萬物而不爭」，他沒有子彈鋒芒，而是借用饑饉之年大家對麥子的生命渴求，征服土司鄰居，獲得拉雪巴土司的子民信賴，甚至娶得茸貢土司的美麗女兒塔娜，並將北方官寨經營成市場交易的城鎮，設立銀行制度的銀票，這番成就使他成了「土司中的土司」，也就是眾土司的意見領袖。

　　從故事的脈絡來看，敘事者二少爺不傻，他從眾人眼光的愚者，或者說從一個不學巧偽、不爭名利的守拙者，一旦智慧與性格出鞘，最終成了土司們的意見領袖。於是眼尖的讀者，從首章便感受到，這個二少爺怎麼看都不傻，他的行為舉止可能不俐落，頭腦不十分迅敏，但是憑其判斷所獲得的結果，卻是智者所為的果實。無怪乎，新教徒翁波意西在遭受割舌之刑前，以為自己將被砍頭，說出人之將死的肺腑之言：「都說少爺是個傻子，可是我要說你是個聰明人，因為傻子才聰明。」這個結論能用在每個與二少爺深刻接觸的人，他們都承認，二少爺不是傻子。

　　如果二少爺不是傻子，如何被說成傻子？這之間的巧妙，在

於阿來將敘事者設定在第一人稱的二少爺,透過二少爺「我」逐漸揭開小說節奏與情節,這是巧妙的機關,因為這個敘事者並「不穩定」,意謂著能含藏較多的訊息。穩定的小說敘事美學,如《紅樓夢》、《水滸傳》、《三國演義》等,閱讀者透過「可信的敘事者」說故事,全知觀點的角度,進入小說脈絡。《塵埃落定》的「不穩定」敘事角度美學,來自於「我」具有超現實的預感,帶著淡淡的魔幻寫實筆觸,創造出來一個非現實的敘事者「我」,這些豐碩成果是透過作者的實踐的。

　　對於二少爺「我」的超現實預感,在小說中不斷閃爍呈現,那種「我」的巧妙智慧、有種每個早晨醒來不知身在何處的哀感,或者對人情的高度審察,揭示了「我」超現實感受與穿透力,特別是「我」有著預知死亡能事,生命結束在仇家之子時,「我」端然正坐,坦然面對死亡引領他到更好的宗教歸屬,這力量來自二少爺內在的神性,藉由「神靈是預言之神,這種神是活著時被視為叛逆的人變成的,就是書記官翁波意西那樣的人,死後,他們的靈魂無所依歸,就會變成預言的神靈。我不知道自己在說話,還是我身上附著了一個那樣的神靈」,進而吐露了「我」所隱藏的後設觀點,類似二少爺死後,透過降乩附靈的敘事美學而寫就《塵埃落定》。因此,我們看到,敘事觀點除了「我」,少部分會游移到第三人稱,遂有「我／二少爺、哥哥／大少爺、爸爸／土司、媽媽／土司的第二個太太」的轉換,形成閱讀角度差異,忽而貼近敘事者心靈,受其親炙;忽而跳脫省思,冷眼旁觀,十分特別。

　　無疑的,《塵埃落定》的敘事美學是奇特迷人的,類似通靈者凝視,帶著史官的詩意美學筆法,不時將世間的人情與山川提

煉出現代詩的美感，敘說四川土司的輪替與消亡，也隱藏新舊世代的轉折遞嬗，尤以二少爺異於常人的感受與超越時代的智慧，注入人性掙扎，使小說極具張力，是值得一讀再讀的傑作。

朱天心

論壇

主持人
　鍾宗憲

發表人／題目
　朱天心
　　正路過人間

討論人／題目
　朱國珍
　　《擊壤歌》的青春座標
　許瞳
　　青春之舟──
　　《擊壤歌》的永恆進行式

鍾宗憲

正路過人間——朱天心

作家，創作文類以散文、小說為主。曾獲洪醒夫小說獎、中國時報文學獎、聯合報中篇小說獎、聯合報小說獎佳作、臺北文學獎等殊榮。早期作品如《擊壤歌》、《方舟上的日子》均以敏銳的心靈視角自生活取材；後則涉及社會體系運作的經驗與反省，除對時局提出犀利的嘲諷與批判，也呈現在都市中漫遊所體悟的滄桑落寞之感。著有《我記得》、《想我眷村的兄弟們》、《古都》、《初夏荷花時期的愛情》、《三十三年夢》等。

　　年輕剛寫作時，我曾為文學和我個人的創作發過甚多豪壯之語，其中有許多是我當時由衷相信的，但當然亦不免有暗夜行路吹哨壯膽用的。

　　如今，我要一一收回嗎？尤其在這文學出版號稱腰斬再腰斬的現下，這麼「跳船逃生」或「投靠他族」，不免勢利眼（而勢利眼大概是人性中我最厭惡的行止）。

　　我試著將自己當做一個捐贈遺體供人做病理解剖的人，並率先搶過手術刀自剖，或可一窺一名據稱生於文學盛世、老於文學式微年代的創作人的病因和病史。

　　我這代人老被後輩指稱遭逢的盛世，據他們的描繪大約是，那是個只要藉一次文學獎或出版一本作品就可以被認證為作家並從此名利雙收的時代。我較中意唐諾的說法，雖然他這段文字是描述文學盛世不再的現下，但也恰如正負片的說明了曾經的文學盛世：

> 今天，專業的問題不必文學回答，遠方的新鮮事物不靠文學描繪遞送，革命不須文學吹號，好聽怡人的故事再不由文學來講，甚至，人們已普遍不自文學裏尋求生命建言，不再寄寓情感心志於文學作品之中，文學早已不是人的生活基本事實。

　　沒錯，我生於長於「文學是人的生活基本事實」的時代，自小我晃盪涵跡其中，飽看各路高人奇作，心嚮往之，偷學之，及長，知道要還的，最起碼，做為一名「文學共和國」公民完糧納稅的義務該盡，我有責任為這共和國繳回那一份「魯迅看不到、

納卜可夫沒活過」、我自己的「此時此際」的報告。

　　所以開始寫作的十五歲，以為「映真」是最高要義，把自己當做一面鏡子，時時刻刻擦拭得亮堂堂的不惹塵埃，為求把身處的此時此際一絲不扭曲、不揀擇的反映出來，或說，監視器吧，不帶主觀不下判斷、不刪減不迴避的紀錄所有眼下之事，有意義沒意義的，喜歡不喜歡的。

　　很快就發覺如此創作態度行不通，一、我的讀齡遠長於寫齡，難免有眼高手低之慨（剛讀完《戰爭與和平》的如何能耐煩於只寫無戰事無貧窮年代一名十五歲臺北女孩的貓狗小事？），二、我強烈敏感的愛憎、隱然成形的價值信念，如何可能只做一枚照單全收的好鏡子、好監視器？

　　同樣閱人閱事，就與同一屋頂下已寫作大半輩子的父親和剛剛一兩年的姊姊天文大不同，父親最寬容，姊姊多了層青金石藍和玫瑰石粉紅的濾鏡，但因年輕故，比父親多一閃冷冽的劍光。

　　我簡直的黑白判然如太極圖像（至今我只承認我們不同，而沒有誰較佳，誰較對），我已成了無法映真的放大鏡、甚至顯微鏡，那，就老實善養自己的「誇大」「扭曲」「複眼」……吧，而用以支撐這異於大多數正常人的目光的無非是一些很素樸的信念，正直、誠實、英勇、慷慨（是童子軍守則嗎？）

　　我從了不起的作家身影和作品從沒間斷的得到支撐，我請聽者一定不要誤會我找尋的是英雄的造像，更多時候，我感動流連於那勇敢寫出誠實所見，哪管是軟弱的、幽黯的、力有未逮的……，是褚威格說的「我不喜歡得勝者、志得意滿者，我喜歡落敗者。」「我深信藝術家的職責乃是描繪那些反抗時代潮流、受苦於自己信念者。」

　　事實上，這段文字中譯本裏用的是「受害」，但我更喜歡用「受苦」「自苦」這具動態的詞，造次必於是，顛沛必於是，想拋也拋不掉，如同拋得掉的那些輕盈瀟灑討喜之人。

　　曾經，我喜歡用「護持」「保衛」來描述人對待他的信念，但年歲愈長，我覺得那還是不符事實的太英雄了，彷彿是尊（有副金剛不壞之身的）怒目金剛。

　　價值信念多難伺候（更彷彿那手鐐腳銬），我與它共處好長的中年，屢屢想拋卻它，做一個自由人。

　　但自由，真是創作的充要條件嗎？面對強力管控的政府，也許我們會毫不猶豫大聲肯定的回答，但面對眾悠悠之口時呢（唉好吧就網民啦）？面對商業市場呢？面對自身的慾望？……我們仍在意那免受制於斯的自由嗎？或者我們連受制受苦於此都毫不自知？

　　我寧可受苦於價值信念帶給我的不自由，老實說，若沒了它們的支撐，我未必敢於不滿身處的此時此際，未必敢於角力、甚至拒絕眼下的世界，以至於打掉重建（是說卡夫卡吧，拆毀掉他自己人生的房子，以其磚石蓋他小說的房子），更甚者如陳映真，索性打造他的黃金國度。

　　最終，我得略說明一下我口口聲聲的「此時此際」，不然大概一定會有人有意或無意的斷定我的「不認同」、「彷彿在他鄉」。

　　嗯，我的「此時此際」當然不是三百年前、不是九十年前的宿遷、不是開普梅岬或「爸爸醫生」杜華利獨裁統治的海地……，不是，不是，於我，是邵洵美寫過的：

　我從地獄來，
　要到天堂去，
　正路過人間。

是呀，不過是正路過人間。

《擊壤歌》的青春座標——朱國珍

作家，創作文類以小說為主。曾以筆名「朱伊伊」出版長篇言情小說。其長篇小說《中央社區》獲《亞洲周刊》2013 年十大華文小說、第十三屆臺北文學獎年金獎，原著劇本得到 2013 年「拍臺北」電影劇本獎首獎。曾獲聯合小說新人獎、臺北文學獎等殊榮。作品以輕諧的筆法反映出現代都會生活中的種種情態與荒謬異境，致力於探索新生代人們的各類想法，企圖尋找出生命的定位與出路。著有《三天》、《中央社區》等長篇小說，短篇小說集《夜夜要喝長島冰茶的女人》，散文集《貓語錄》，飲食文學《離奇料理》等書。

「那是朱天心最為意氣風發，自信滿滿的年代。她自己在
《方舟上的日子》的〈序〉裡提到投稿給當時最熱門的文
學園地〈人間副刊〉，等一個星期不見刊登，就打電話去
催主編高信疆。她和「三三」諸人在各大專院校巡迴串
連、演講，成為校園裡最年輕的明星。鄭學稼先生在回憶
錄裡提到，有一年參加「國軍文藝大會」，會上有一個小
女孩發言，講得義正辭嚴，隱約有殺伐之氣，聽得他心頭
暗暗吃驚。那個小女孩就是朱天心。」（楊照《文學、社
會與歷史想像：戰後文學史散論》）

　　朱天心出版《擊壤歌》時是 1977 年，我還在念小學，懵懂憨
昧，對人間事半知半解，最愛看日本漫畫書。直到數年後進入國
中語文班，經由導師推薦才認識了朱天心，驚艷其文學明星的地
位，後輩如我，望塵莫及。那是一個巨變的時代，解嚴前夕，文
藝思潮澎拜激昂，喧嘩如浪花襲岸，一波銜一波，一個世代接著
一個世代。朱天心以不到二十歲的年紀，以夏商民謠《擊壤歌》
命名，取「帝力於我何有哉」之意，法堯治之世，展鴻鵠抱負，
雖記錄少女生活，卻也點評少女生活，雖闡述閱讀經驗，卻也議
論作品良窳，在敢言與實言之間，是年輕任俠的天真，是龐大的
知識庫挾洋溢才華，在情感上擁抱懷舊原鄉，如「是的，我將在
遙遙遠遠的天那一方陪伴爸媽，不過我常想到反攻大陸，所以我
必不會盪得無影無蹤。我會隨時回去，或許當第一個烈士，淒麗
我的秋海棠，畢竟我是誕生在黃埔軍校的門前，我愛南國艷紅的
鳳凰花，更愛浩浩蕩蕩的革命軍。」「八月的天，卻像是秋天
了，天空寶藍得乾乾淨淨，這種天候原總要讓我想到漢唐，想到

東坡，總要讓我憧憬和一個男孩走在風中走在月亮中。可是這會兒，我更想找一個我心愛的男孩，對他說：『反攻大陸以後，我再嫁給你好嗎？』亂世歲月後，我再脫去一身戎裝，穿件很漂亮很漂亮的女孩兒衣服，中國啊中國！」在思想上寄寓書籍，小綠綠飛揚的高中生涯，處處不離閱讀，長篇散文出現的書目近百種，始自「我繼續的走著，到廁所洗了個手，再回來，坐到位子上依然看我的《瓦德西拳亂筆記》。」終至「有時抱狗抱貓晃蕩太久，爸爸也會用商酌的語氣說：『去讀讀書怎樣？』其實我也有讀書的，讀阿輝的《拒絕聯考的小子》和《紅樓夢》。阿輝是和姊姊同屆一淘玩過的，他書中的維維即是姊姊最要好的同學，看完了這書，覺得阿輝做得沒錯，但是我更想去撩一撩大專聯考了。」

摯性如此，朱天心在桃李年華已訂定青春座標，那便是以龐大知識資料庫做為基底的情感想像，為自己的生命地圖定錨。

法國後結構主義者德勒茲（Gilles Deleuze）與瓜塔里（Felix Guattari）認為地圖是實驗的定位：「地圖向四面八方開放、連結；是可分離的，可翻轉的，容許持續不斷的修正。它可以被撕，被翻轉，適合各種演出，可以被個人、團體或社會形構修改。它可以畫在牆上，可以想像為一幅藝術作品，可以建構為一個政治動作或一種冥想。」（A Thousand Plateaus: Capitalism and Schizophrenia. Trans. Brian Massumi. Minneapolis: Minnesota UP, 1988）

地圖的展延，開放，兼具此地與他處，是寄寓遠方的象徵。《擊壤歌》的青春座標即便偏安島嶼，以此地為中軸，然情感與思想無遠弗屆，朝向四面八方，舉凡故土，國族，未謀面的家鄉

／異鄉，以至於身分認同與存在感，使《擊壤歌》在 1970 年代已然確立船錨，先知先行。後殖民學者霍米巴巴曾就三個面向分析身分形成的過程：「第一，存在就是在與一個他者的關係中呈現出來，呈現其面貌和位置。」「第二，陷入需要和欲望的緊張中的認同位置，是一個分裂的空間。」「最後，身份的問題從來不是一種既定的身份，從來不是一種自我實現的預言——它常常只是一種身份圖像的生產，及其設置這種圖像的主體的轉變。」（Homi K. Bhabha, Interrogating Identity – Frantz Fanon and the postcolonial prerogative. The Location of Culture, First Published 1994 by Rouledge）

費爾南多·佩索亞在《惶然錄》中引述法國哲學家孔狄亞克之言：「無論我們爬得多高，也無論我們跌得多深，我們都無法逃出自己的感覺。」他說：「我們從來不能從自己體內抽身而去，我們從來不能成為另外的人，除非運用我們對自己的想像性感覺，我們才能他變。真正的景觀是我們自己創造的，因為我們是它們的上帝。它們在我們眼裡實際的樣子，恰恰就是它們被造就的樣子。」

《擊壤歌》當中的少女小蝦、喬、卡洛、小靜，又何嘗不是如此純真誠摯，在法定成年之前，用年輕的存在經驗錘鍊自己的成年禮。

韋恩·布斯在《修辭的復興》一書中闡述：「我們都知道，任何一個關於生命是為什麼的總結，即使在這一刻完全令人滿意，在下一分鐘也會黯然失色。但是，我的確認為，某些關於生命不能為了什麼的陳述不會那麼快失效。生命之禮不是為了給我們終身吃喝玩樂的可能。生命之禮不是為了讓我們閒坐著看別人

創造。生命之禮是它賜予了我們自己創造出什麼的機會。」
（《修辭的復興：韋恩・布斯精粹》，譯林出版社，2009 年）
《擊壤歌》以旺盛企圖心的長篇散文，制定青春座標，之後，朱
天心在小說或評論中所施展的敘事情感、風格，技巧，始終貫徹
其特色，蔚為一家之言，欣然成就文學史留芳名冊。

青春之舟──《擊壤歌》的永恆進行式──許瞳

作家，目前為北一女中人社資優班高三學生。今年五月出版第一本青春散文集《裙長未及膝》，嘗試「進行式的青春書寫」。

青春是一艘方舟，毋管世界驚濤駭浪，小蝦在上頭。

《擊壤歌》出版至今幾近四旬，而十七歲的我，走著小蝦一票人當年天天晃盪的重慶南路、介壽路，彳亍至今已是第三年。當年她們「浴著夕陽，奔跑在總統府前十線道的大馬路上」，然而逝者如斯，物換星移，金陵的熱起士沒了，公園號變了老味道、重慶南路書街變成了文創商旅街；清晨在凱達格蘭大道前等著過馬路的女孩們，盯著各自的單字本、手機螢幕，壓根兒沒想過要做「偉大的小兵丁」。總統府金黃依舊，只不過二十一世紀少女們的心頭，早已不是小蝦心心念念的秋海棠、更非新公園裡灌得她一肚子鼓鼓的酸橄欖。

青春已變，然而青春亦未嘗改變。

朱天心老師在《擊壤歌》經典版序中這樣寫道，面對一群提著舊版《擊壤歌》替父母輩索簽名的年輕孩子，她從不敢問「那你們看嗎？」新一代如小蝦宜陽橘兒貓咪這樣的輕狂少年，卻「更世故虛無、資訊充沛、消費娛樂多樣」。《擊壤歌》裡的，是父執輩慢搖滾的青春歌曲，而今日少年的生活，卻早已改弦易轍。他們不再逛書店，改以線上網購新書（佐以七九折免運費）；不再上電影院，而選擇關起房門，尋找網路盜版片源（且還是高清字幕對照版）。人與世界的互動型態變了，因為過於便利，如今的我們，只願等世界「朝我們走來」，而不再想要吹著口哨、踏著紅磚路「朝世界飛奔而去」──如此一來，「青春書寫」還有其存在的必要嗎？當我提起筆來，妄想能夠仿效十七歲的少女朱天心，記下青春行徑，突如其來地一陣遲疑⋯⋯。世界變化得太快，像《擊壤歌》這樣的春秋史記，如今的我們還有時間和耐性看嗎？抑或是在我完成青春的記錄之前，世界又再度被

時間的泥水翻覆滅頂了呢？當我筆尖踟躕，難以定念時，鍾文音老師這樣跟我說：

> 「正因為世界變化得太快，『記錄』才有其必要與意義。」

　　小蝦當年在《方舟上的日子》與《擊壤歌》之中所建構的永恆，正是「不斷變換的時間」中「不變的青春」。不管世界變化得多麼離譜，十七歲少女特有的「胡鬧」卻始終不變；只要年少時光尚存，儘管面貌全非，那三年走過的路、寫過的故事，永遠不會邁向終章。正因為是「進行式」的青春書寫，留下了所有世代少年必經之「行進」過程，以及這趟旅程中的無懼、殘缺與漂泊。

　　自從讀了《方舟上的日子》，便深感青春是諾亞的方舟，少年皆是方舟上睥睨人群、飄搖於社會的遊俠，是建構新世界時潛伏其下、蓄勢待發的元素。《擊壤歌》是青春不變的方程式，「行進」與「永恆」則是反覆計算後的一致結論。

> 「我是個遊俠，《列傳》裡的遊俠，無盡地玩在日月山川裡。」
>
> 　　　　　　　　　　　　　　　　　──《擊壤歌》。

　　青春是方舟，李白亦在〈少年行〉中寫道：「少年遊俠好經過。」

　　年少時的我們，無懼於經過，經過那風鵬正舉的世界。千百

萬種逐漸成形的自己，在城市裡摸索、輾轉遷徙。「存在主義」
認為，人的「存在」立基於自我與社會的交互關係，在遊盪世界
的過程中，社會才真正建構了「我」。青春的遊盪與其說是在探
索世界，不如說我們真正在意的是如何組織「我」的樣子。

　　「行進」是每個少年用以建構世界有機體的過程，也是小蝦
用以敘述歲月的載體。她藉由不斷的行走，記錄「迎著風經過世
界」的三年。彷彿從未停止青春的旅行，在羅斯福路的木棉樹
下、在夜幕深垂的重慶南路、在樹影搖晃的椰林大道、在藍天湛
湛的中山北路，在每一條有風的康莊道上。《擊壤歌》與《方舟
上的日子》是朱天心的上千種面貌，她操作不同人稱、視角、性
格、身分，主觀與旁觀交錯剖析「我是誰」的哲學問題，以不同
的行進速度，反覆推敲足下的世界。她可以是崇拜拿破崙的小
蝦，可以是胡蘭成跟前虔誠傾聽的信徒；可以是讓男孩們高呼
「這鮮的！」的梁小琪，更是山裡淌著一身泥水想家的阿心；她
甚至是個載女孩馳騁於椰林、像何安小童那樣乾乾淨淨進出青春
的男孩，帶著白衣裙的女孩轉出一支支夜的吉力巴。

　　在青春書寫的行進中，由於生命尚未定型，我們得以成為任
何人。

　　《擊壤歌》裡的小蝦，是在《三三》、電影、婚姻、社運與
街貓種種之前，尚未核融合完全的、最初的「朱天心」。儘管過
往歲月總使人頻頻回味，少年時赤裸的壯志與夢想，最是教人因
時間流轉而不忍直視。她曾說過：「當年的熱情與夢已距今太遠
太遠，我再也不敢打開十七歲所記下的這些句子，怕被竄出的烈
燄燃燒。」但年少時讓人悔恨又想念的流浪，使每個人的生命有
跡可尋：《擊壤歌》這部「少年法西斯」時期的青春史詩，如同

冥冥中指引的馬雅預言，早暗示了末章「日月光華，且復旦兮」中七月一日的聯考日，果真是溫瑞安所寫之「刻石驚濤裂岸的第一章」──儘管小蝦的青春方舟已靠岸，未來「小蝦」逐漸成為「朱天心」的過渡，卻是風更大、浪更高，讓人想發上一千次誓的日子。

「緣溪行，忘路之遠近」。自小蝦的足跡中，得以窺探對於家國、社會、乃至自己的未卜前程，一位十七歲少女所構築的桃花源。在不斷的追尋與疾呼之中，小蝦像莎岡《日安，憂鬱》（Bonjour Tristesse）裡的女主角瑟西爾，一再於燠熱的午後，划船到岸邊的小屋尋她的情人希里樂。她是反骨而充滿希望的，然而，當面對仲夏夢醒的現實，卻又突然憤慨而矜持起來。她不要長大！世界之於方舟上初生而純淨的我們，總是污濁而驚險的，儘管世界迎風而來，誰也無法確定自己能夠御風而上。

「尋向所志，遂迷不復得路。」長大似乎就是這麼一回事。「我只要青春！不要餿後的燭淚一片……」當年的小蝦這樣寫道。《擊壤歌》是年輕時最真實赤裸的壯遊，卻如一座難以成真的烏托邦，行至成熟，便要天崩地裂。然而不論時代如何更迭，如今的少年卻依舊要行走、依舊要輾轉通勤於夜的臺北，「行進」是少年永遠的課題，以及我們追尋自我的唯一途徑。

> 「我的挪亞老爹前幾天又放了一對鴿子，牠們今天銜回了一片嫩橄欖葉，我們著陸了，挪亞老爹說的，我們著陸了！……」
>
> ──《方舟上的日子》。

　　青春之舟，存在奧義除了無盡的「行進」，亦在靠岸過後的「永恆」。「永恆」在於經歷年少過後恆定的「自我」，以及這場青春行的「無盡輪迴」。

　　進行式的青春書寫經常被誤認為賣弄，然而朱利安・拔恩斯說「年輕歲月，除了賣弄還有什麼好做？」因為時間只會讓我們變得安全，卻不一定變得成熟。反覆閱讀《擊壤歌》之後才恍然驚覺，伴隨著成長，我們不再對世界意氣用事，卻一再試圖於回憶中，搜索年少時那天不怕地不怕的自己——這是青春難以抹滅的「永恆」。原以為長大過後人事皆非，但每個人心中的「小蝦」其實一直都在。

　　如果靈魂是小蝦高中時搭乘的 0 南，那麼，公車上所聚集的人潮，便是年輕時曾扮演過的每個角色。隨歲月流轉我們逐漸成熟，所有的「自己」魚貫下車，踏進窗外雜遝的社會。

　　《擊壤歌》之後，道別十七歲的「小蝦」冷卻下來，正式成為今日那上百種面貌合於一身的「朱天心」。縱使她唏噓不堪回首，青春期的夢，其實延續依舊。她依然談社會，而經歷與見聞更深更廣，她自深愛的眷村與秋海棠開展，涉足政治與族群運動；她依然看電影，從東南亞戲院數部良莠參差的試映片，到與侯孝賢等人共創的影劇先鋒；她依舊抱著家裡成群的貓狗，仍為TNR（流浪犬貓結紮計畫）徘徊於燈火闌珊的街頭。而《擊壤歌》過後，她以《初夏荷花時期的愛情》做為繁華喧囂後，對於年少愛情理想的回應，陳述了成熟後對「愛與激情」的沉著；集三十載千頭萬緒的《三十三年夢》又以旅行為名，對舊時所來徑頻頻回首，保有適度安全距離地，追憶昔日少女遊俠「自我形成」的行跡。之於文學、之於生命，她總是駐守自己的「根」

──那身為「小蝦」的根，乃至與社會永恆的羈絆。像諾亞重建新世界的使命般，「青春」是生命永恆的初衷，而「成熟」是憑年少路所延展直上的續曲。

如今讀《擊壤歌》的我，遊走在十七歲邊緣，再次回首、思索《擊壤歌》何以能不被時間之流所侵蝕？在自己也經歷一回青春過後，才明白這是趟永無止盡的輪迴。青春是艘方舟，毋管世界驚濤駭浪，小蝦在上頭。每個人皆是年少輕狂的「小蝦」，而每個人都擎著自己的一部《擊壤歌》，於青春的方舟之上航行。

蔡珠兒　論壇

主持人
　　徐國能

發表人／題目
　　蔡珠兒
　　　　左右人生

討論人／題目
　　方梓
　　　　寫一冊田地
　　鍾怡雯
　　　　接上地氣的掌紋──
　　　　論蔡珠兒散文的主題延伸與收攏

徐國能

左右人生——蔡珠兒

作家，創作以散文為主，曾獲第二十屆吳魯芹散文獎，2005 年《紅燜廚娘》同時榮獲中國時報開卷好書獎、聯合報讀書人獎，誠品書店暢銷書，2012 年《種地書》榮獲中國時報開卷好書獎。早期以植物為主要寫作題材，作品偏向記物抒情，以人類學式的筆觸探索植物與人文的淵源。近期多以文字追索美味、食材的故事、私房心得，展現生活與文化飲食的關聯性。著有《饕餮書》、《雲吞城市》、《南方絳雪》、《花叢腹語》等散文集。

「咦，你怎麼這樣拿刀？」

朋友端著紅酒踱進廚房，看到我切筍絲，大感驚訝。

又來了，類似的反應還很多。

「原來你是左撇子？」

「小心啊，不要切到手欸。」

「厲害啦，可是看了怕怕的……」

語氣裡有小量詫異，些許疑慮，大量不以為然。我只好向他們堅定保證，我真的會用菜刀，這樣切菜已經幾十年了。

萬物皆有向性，而世界是右傾的。北半球的太陽從東方出來，自右而左運行。攀援植物大部份右旋，葛蘿、黃瓜、葛藤和牽牛花，枝蔓都往右方攀爬生長，不會逆向左傾。哺乳類和靈長類動物，大多數用右邊的爪掌，人類亦然，所以書寫和道路系統，大部份也靠右。

全球有九成人慣用右手，左撇子只佔一成，因此剪刀、鋸子、鉗子、削皮刀、螺絲釘（以及螺絲起子）、開瓶器開罐器……，差不多所有的工具器物，乃至一切把手、按鈕、開關、觸鍵、按鈕，都是給右手用的，左手使起來磕磕碰碰，不免吃力又滑稽，笨拙又危險。譬如我削絲瓜和蘋果，刨刀不是往外揚長揮去，反而朝自己逼近刮來，短兵相接，圖窮匕現，偶然看到的朋友，又要大驚小怪。

左撇子是怪胎，因為不正確，所以不正常。這是舉世公認的定理，古今中外，東方西方，不管任何種族、文化和宗教，清一色都尊崇右手，貶抑左手。我去查過，從拉丁文到英文法文德文，左邊的字義全是負面，輕微的古怪奇異，笨拙無用，嚴重的虛詐不誠，邪惡不祥，近乎魔鬼行徑。而右邊卻總是對的，非但光明

正面，適當合宜，根本就是天道和正義，理直氣壯的天賦權利。

　　中文的例證，更俯拾皆是。披髮左衽，衣襟開在左邊，那是野蠻人，代表文化淪落。旁門左道，那是詭計邪術，鬼祟見不得人的勾當。左遷是降級，右遷是升官，左賤右貴，左下右上。看字形也知道，你瞧，左字有個工，要出力幹活做工，右字有個口，出張嘴，說話吃東西就行了。

　　忿忿不平講了這麼多，是因為我也用左手，飽受歧視，所以要維權平反嗎？不不不，其實我不是左撇子。

　　我是個庸碌的尋常人，沒有任何稟賦特長，如果硬要找出和別人不同的地方，唯一只有這樣。我用右手寫字、吃飯、按滑鼠，用左手炒菜、洗臉、耕地種菜，簡而言之，我是個左右開弓，兩手並用的雙撇子。

　　左右開弓，聽起來很威，讓人聯想到動作片的槍戰場面，周潤發，李連杰，James Bond，Jason Bourne，銀幕英雄都能兩手開槍，雙管齊下，左顧右盼連珠齊發，兩邊都快狠準，以一殲百，所向披靡。更厲害的，是《射鵰英雄傳》的周伯通，老頑童百無聊賴，玩起自己的左右手，練成「左右互搏」的獨門絕技，雙手可以分別運作，各使不同武功招式，一心二用萬夫莫敵，把對手搞得暈頭傻眼，左支右絀，難以招架。

　　不過，這等神乎其技的本領，就像毫秒間騰空躍起，折腰閃避子彈的畫面，到底是狂恣虛構，美妙想像，並不符合物理定律和人體工學。現實中，要訓練一隻手完美揮桿或投球，已需窮盡一生之力，何況兩隻手？左右手頂多交替輪流，不可能同時開弓，遑論各自出招，相打對幹。所謂左右開弓，並非兩手都能開槍或寫字，而是兼行並用，各有分工。

　　但這分工也怪，就說我吧，日常的生活技能，主要仰賴左手，不論是揉麵、插花、剪紙、吸塵、敲門、倒垃圾、提行李，不管拿的是菜刀、鍋鏟、梳子、鋤頭、棍棒、雞毛撢還是老虎鉗，所有需要用力的器具，所有需要技術的動作，不管粗工細活，都非左手不可。

　　所以我的右手很閒，只會拿筆和握筷子，勉強加上畫畫和執刀叉，基本上只管寫字吃飯。有時左手因公掛彩，油爆刀割，受了點皮肉傷，換用右手上陣代班，那就像跟官僚打交道，處處碰壁，戛戛其難了。刷牙九牛二虎，扭毛巾笨拙無力，費勁又不到位，連化妝都顫抖走樣，描畫不上，做菜當然更休想，只能裸臉素顏，出去吃飯。

　　左撇子是少數，只佔人類約一成，雙撇子（cross-dominance）更是異數，只佔百分之一，其中又有絕大多數，是後天形成的（mixed-handedness），也就是左撇子被迫改造訓練，學會兩手並用，以便在右手的世界適應存活。真正天生的雙撇子（ambidexterity）少之又少，極為罕見。

　　左撇子和同性戀一樣，以往不見容於社會，被視為病態異常，一兩百年前，西方還把左撇子當成身心殘障，認為大腦有問題，需要醫治矯正。現代左撇子的際遇雖然好些，但兒時多半也被斥責指正，不少人經歷痛苦的改造後，「被迫換邊」（forced laterality），改用或兼用右手，有人因而認為，雙撇子可能有潛在的心理創傷。

　　有個朋友看我左右開弓，跟我講一件事，他在加州讀法學院時，班上有同學考試被當，那人向教授申訴，要求重考，理由是他從小「被迫換邊」，受過壓迫戕害，有身心創傷的後遺症，拿

筆常感到挫折。教授愕然，但基於維護異類的政治正確，無奈只得法外開恩，讓他再考一次。這聽起來很扯，近乎無賴，誰叫美國人一碰上法律和心理，就完蛋沒輒了。

我是不是也受過壓迫，有沒有心理創傷呢？我努力在記憶和意識深處翻找，卻想不起有什麼痛苦經歷，我用左手，父母家人不以為異，從不責罵糾正，在學校勞作家政，拿刀剪針線，好像也沒受過批評譏笑，反倒是成年後下廚做菜，看到朋友驚怪詫異，我才發現，原來自己和別人不一樣。除非是壓抑過深，經歷改造後選擇性遺忘，不然我應該是個天生的，人類之中少之又少的雙撇子。

但這沒什麼好高興，我的問題不在手上，在頭頂。

手是頭管的，大腦有左右兩個半球，分別掌管對邊的身體協調，左腦管右手，右腦管左手，這早就是常識了，但五十多年前，經由美國科學家斯佩里（Roger Sperry）的研究，世人才豁然知曉，原來左右腦各有專擅分工。

左腦掌管語言、數學、推理，善於組織和邏輯；右腦則負責音樂、圖像、美術，感性強，情緒化，善於抽象和創意。有人據此推論，把人分為左腦型和右腦型，人類多用右手，左腦發達右腦弱勢，所以出現不少理論和訓練，聲稱可以開發右腦潛能，增強創意和記憶力。

左右腦各有所長，那麼兩手兼用的雙撇子，豈不是左右逢源，兩全其美，理性與感性兼備，既務實又有創意？唉，不知道別的雙撇子怎樣，但在我身上，只能說左右為難，兩敗俱傷，兼得並收的不是強項，反倒都是兩邊的弱點，弄得兩頭不到岸，左右不是人。

該理性的時候我情緒，該抒情的時候我又實際起來，左腦固

然弱，數學爛，推理不行，右腦也不見得發達，沒什麼創意，空間感和記憶力都差。更糟的是，腦子裡永遠在拔河，不斷拉鋸撕扯，點個菜買串葡萄挑件衣服，也要交叉比對，衡量再三，徬徨躊躇茫然四顧。

最嚴重的是寫作，腦中有兩個我，一個拼命寫，一個拼命刪，一字一句一標點，一寫下就被質疑刪改，評語如落石紛紛砸來，「這字不對味。」「那句太虛胖。」「笨蛋，分析有問題。」「這種概括太粗暴。」逼急了，拼命寫的那個也反咬，「有什麼錯？」「只能這樣形容了啊。」……爭吵無限綿延，這刪節號涓滴成河，多年來匯成苦海無邊，拼命寫的我和拼命刪的我，在海中扭成一團，肉搏相撲，廝殺到死線將至，這兩個才連滾帶爬，慌忙上岸。

然而，這種腦中左右互搏，自我撕裂拉扯的狀態，也不是我獨有的，所有人都體會過。左右腦雖然分工，但並不是截然分明，各管各的，近年興起的認知神經科學，例如葛詹尼加（Michael Gazzaniga）的實驗就發現，左右腦其實是兩個獨立的心智系統，相互協調合作，但也頡頏競爭，以奪取大腦的主控權。更新的研究甚至發現，大腦不只左右，其實有許多次系統，同時錯綜運作，爭奪較量，我們的心智與思考，都是無數歧異和衝突的結果，所謂自我，從來不是圓融統一的。

好吧，所以我不是怪胎，也沒有天賦異稟，身為雙撇子，我善於雙重質疑，加倍矛盾，心中永遠激烈交戰，左一拳，右一掌，拼命寫，拼命刪，如果把我的腦子攤開來，裡面都是碎紙殘稿，戰火砲灰，以及淹到腳踝的問號。可是，一手切菜，一手寫字，左邊的工，右邊的口，我也同時擁抱，而且，深感自豪。

寫一冊田地——方梓

本名林麗貞，作家。創作文類以散文為主，兼及傳記與報導文學、兒童文學等文類。其長篇小說《來去花蓮港》獲得 2013 年吳濁流小說正獎。散文以自然寫作及女性主義為主，書寫臺灣自然生態與臺灣女性的生命史，近作則跨入「飲食書寫」的範疇，頗富哲思與人情物意之美。著有《第四個房間》、《采采卷耳》、《野有蔓草》等散文集，《人生金言：一百位名人心影錄》、《他們為什麼成功》、《傑出女性宗教觀》等報導文學，《大野狼阿公》、《要勇敢喔》等兒童文學。

　　人到中年才知道泥土會黏人，植物會纏人，一旦被纏黏住再也脫不了身。

　　其實，一出生就被泥土蔬果包圍，出生農家，會走路就在田裡踩泥土，開始認識各種蔬菜還有分辨野草，農田是嬉戲的樂園，也是求知的場域，年紀太小幫不了農事，父母為了方便看管，帶到田裡，樹蔭下、豆、瓜棚下是夏日最好納涼，渴了摘瓜、番茄吃，餓了，母親搴個飯糰給我們當點心，要不烤個番薯止飢，花草、蝴蝶、蚱蜢、青蛙都是玩具，半天下來渾身是泥土，累累蚊蟲咬傷的印痕，一段時日下來，可吃不可吃的植物都弄清楚了，會不會咬人的各種昆蟲也都明白了。幾年下來，要幫忙種作和採收，田裡長的生的管它好與壞有毒無毒，都要十分明白，否則當不了小農夫。

　　當農田不再是嬉玩，是課後假日工作的場所後，泥土變得令人厭惡，蔬果面目可憎，我和弟弟暗暗發誓，長大後要跑得遠遠的絕不當農夫。

　　果然，十八歲離開家向北行，從此落腳臺北，工作、結婚的公司、住家，都在高高的樓上，電梯上上下下，泥土在遙的故鄉，蔬果如沐浴後躺在市場在超市的架上。曾拿過鋤頭，摘瓜種豆的手，握著筆在紙上開墾未來，在有空調的辦公室，我很慶幸褪去土味和蔬果枝葉的菁漬。

　　在父親不當農夫，農田休耕二十多年後，我開始想念大片菜園農田，我渴望赤足踩踏土泥，親手折摘蔬果。每每回娘家，在後院父親特意留下的小菜園，拔草摘菜，撥弄瓜豆彷彿回到童年，短暫回應泥土的召喚，以及滿足採摘蔬果的慾望，回到臺北旋即跌落水泥叢林，農夫的身影在夢裡愈見碩大，猛烈撞擊，於

是決定以紙為土，在紙上栽菜植瓜，種一冊田地。

　　1999 年我以主題式書寫，堅定要寫蔬菜，那時專寫蔬果散文寥寥無人，大概只有凌拂的《食野之苹》，以短文寫新北三峽有木國小附近的野菜，以及寫植物的蔡珠兒《花叢腹語》。我以二十五種蔬菜寫臺灣女人，用象徵、指涉、借喻……將各種蔬菜不同的特性投射到臺灣老、中一輩的女人。我寫家鄉、寫蔬菜、寫女人，更是寫女人與土地的關係。空心菜寫老一輩女性在傳統與現代掙扎、轉變；茄子寫情慾與道德抗衡；苦瓜寫母親吃力費心的角色；茼蒿寫千古不變的暴力婚姻；絲瓜寫三代在傳統與現代的差異；黃瓜（瓜刺）寫青少年情誼的磨合；蘿蔔寫女人在職場被忽略的地位和能力；豌豆藤攀爬是女性移動的寫照……女人如蔬，隨環境遷徙、嬗遞。

　　在寫作過程翻閱各種書籍、資料，追根索查菜蔬的出生背景，徹徹底底了解它們的身分、用途，有什麼「豐功偉業」，在古籍、書冊裡我看到它們的新面貌，雖只有數日或數月生命，卻是累積千百年的淬鍊，書寫是我重新看待並「定義」它們。

　　2001 年我的二十五種蔬菜散文《采采卷耳》出版，以書的屬性常被歸在自然寫作，書的內容偶會提到蔬菜的料理，無心插柳《采采卷耳》有時被納入飲食文學，其實彼時我對自然的興趣只有蔬菜，也從來不是美食家或重視飲食，因此惶惶然好些年。

　　1996 年盧非易《飲食男》刻意以「飲食男，女人之大慾存焉」，援引西洋飲食文學典故算是先聲，1999 年焦桐《完全壯陽食譜》，引發新一代飲食文學書寫。2000 年左右，也是主題書寫興起，飲食、自然、旅遊、運動、音樂等文學逐漸茁壯。

　　2002 年蔡珠兒《南方絳雪》及隔年《雲吞城市》出版，臺灣

新世代飲食文學書寫「風起雲湧」，緊接著蔡珠兒出版《紅燜廚娘》（2005）、《饕餮書》（2006），這期間還有徐國能、朱振藩、李昂、韓良露、韓良憶、王宣一……臺灣的飲食文學達到高峰。

初始，書寫大自然與飲食並不是我的長項，惶恐好些年，2008 年到臺中靜宜大學兼課，靜宜大學的校園幅廣，林樹、草地很多，興起我對野菜的狂熱，而此時我正計畫寫長篇小說《來去花蓮港》，一周去一次靜宜像發燒一樣，從校門口一路走到主顧樓，背包裡塞滿了各種野菜，我由認識三、四種野菜到後來近百種，也從看到野菜欣喜到非摘不可的瘋狂階段，

> 「進入校園，兩側各栽了近百年的老榕，不管走哪一邊，都會遇到野菜，還有數百隻雀鳥的嘈聲。
>
> 清脆滾珠似的雀鳥聲中，我卻清楚的聽到他們在跟我招手；荔枝園樹下，一叢叢龍葵探出頭，春天正翠嫩的葉子在風中彷彿說：摘我，摘我！
>
> 任垣樓旁，一寸長的紫背草羞怯的躲在楦梧根柢，偷偷閃著灰紫色葉背，就怕被我忽略；黃鵪菜剛冒出淡黃色的花蕊，鼠麴草和艾草拚命伸長脖子，不想被黃鵪菜比下去。靜安樓旁的行道，低矮的野莧從碎石土中掙扎出兩三片葉子，咸豐草抽高攀著鐵網圍籬，他們都說：我在這裡。
>
> 女兒常取笑我，身上裝了跟野菜溝通的雷達，野有蔓草中，總能將他們找出來，一一點名，相識相認。
>
> 喜愛古典樂的人，豎起耳朵就能聽出莫札特或海頓的作品；喜歡繪畫的人，一眼就能辨認莫內和雷瓦諾的作品。

其實我沒有好眼力去辨識野菜，是一而再再而三的從圖鑑
和真實的野菜，不斷的比對，久了，是他們認識我。

行路，蔓草中我總看見、聽見各種野菜跟我招手：我在這
裡！」

2012 年，長篇小說一出版，我旋即投入野菜書寫，以療慰失
心瘋之苦。在認識野菜的過程，常常被其「野性」懾服；既然是
「野菜」也就是未被「馴服」的「草」，只是這個草是可以食
用，而「未被馴服」的「野性」其實就是苦、澀、草腥味，如叛
逆的青少年，血氣方剛難以靠近。更有趣的是，野菜比蔬菜負載
更多的神話和傳說；不管哪個國家哪個地區，野菜食用最多的是
原住民，這些傳說、神話充滿族群的特質，遊說性質也極高。

稍稍知道野菜的特質後，我以臺灣原住民女性做為主體，輔
以其他族群的女性去扣合野菜的性質，以歷史、飲食文化交織成
野菜所展現弱性、韌性及強悍的面貌，並投射至不同族群、女性
的身上。

山茼蒿寫漢人文化霸權如同澳洲白人對待原住民，因對其文化
不了解也不願了解而產生歧見與鄙視；

「根據瑪洛・摩根（Marlo Morgan）在《曠野的聲音》中
實際與原住民相處後，了解他們是『存心善良的大自然主
義』：每天早晨，部落的人會向眼前的動植物，發出一個
意念或訊息。他們會說：『我們正朝你們走來，我們是來
向你們存在的目的致敬。』至於誰會被選中當人類的食
物，則植物和動物自己去安排。

當一條蛇出現在我們的路途上，很顯然的牠的目的是為我們提供晚餐。

部落的人出門，從不攜帶口糧，他們不種五穀，也不參與收割的工作。他們漫走在澳洲內陸熾熱的土地上，知道每天宇宙都會賜予他們豐富的食物。宇宙可從沒讓他們失望過。

對於原住民的大自然主義，白人或漢人是很難理解的；就如像父親的許多漢人，習慣被馴化的蔬菜及家畜，也因長期被體制化，一旦悖越常規便感不安，所以至今仍無法理解，何以有些原住民不喜耕作，嗜食野菜野味。」

野莧菜寫族群間的恐懼與不安，在〈他者之心〉：

「霧終於散去，田裡有位婦人彎著腰採摘新嫩的野菜，她不像白鷺鷥那般自在，不時抬頭或起身以不安的神情望向庭院，父親說她在採野菜。會在這裡摘野菜的大都是原住民，我想她是阿美族人。這樣的畫面讓我想起黑人女性攝影家波拉德（Ingrid Pollard）的自拍像，自傳式的註記指出照片是對種族、再現和英國地景的自覺評論。

波拉德在英國鄉間，透過她為『黑人攝影師』的身分，在田園化的白人心臟地帶空間，她以圖像表現自己的不安、憂慮，以及沒有歸屬的感受，也就是『他者』的心情。」

就在我瘋野菜之際，蔡珠兒出版《種地書》（2012）以她香港住家將花園闢成菜田，挖揀石礫揮鋤筆耕，一鋤一鋤的掘，一

字一字的敲，完全落實「筆耕」筆和鋤左右行進，種一地的菜蔬
與一冊飲食文化。

　　從書店帶回《種地書》，一路上心裡悸動，那是喜愛植物者
最完美的落實，就像詩人吳晟在田裡種植臺灣原生種林樹。我也
渴望當農夫，寫一冊田地種一畦野菜，不是種在盆栽，是一塊真
真實實的田地。

接上地氣的掌紋——

論蔡珠兒散文的主題延伸與收攏——

鍾怡雯

馬華作家，元智大學中語系教授兼系主任。研究領域以亞太華文文學與文化、馬華文學、兩岸現代散文及小說為主。創作文類以論述與散文為主，曾獲聯合報文學獎、時報文學獎、馬華優秀青年作家獎等殊榮。作品融合理性與感性，時從平常事物抒發獨特的體會，著有《經典的誤讀與定位：華文文學專題研究》、《馬華文學史與浪漫傳統》、《內斂的抒情：華文文學論評》等學術專著，《麻雀樹》、《陽光如此明媚》、《野半島》、《垂釣睡眠》等散文集。

一、蔡珠兒與飲食書寫

　　臺灣的飲食和旅遊書寫興起於上個世紀末，在這個世紀蔚為主流，飲食的風頭尤大於旅遊，幾乎人人可寫，即使不以食為天，也因飲食經驗人人皆有，從年輕寫手到成名作家皆有食經，使得這股風潮沛然莫之能禦，飲食書寫的量在二十年間迅速積累，成為散文底下最大宗也最顯眼的次文類。蔡珠兒（1961-）的《紅燜廚娘》（2005）原是《中國時報・人間副刊》的專欄，結集出版正逢這股浪潮的高峰，蔡珠兒也成為飲食書寫的重要作家。

　　《紅燜廚娘》是蔡珠兒的第四本散文，在此之前，她撰有《花叢腹語》（1995）、《南方絳雪》（2002）和《雲吞城市》（2003）三書。若以主題劃分，《花叢腹語》是自然寫作，《南方絳雪》則融自然寫作於飲食經驗，《雲吞城市》是香港文化觀察，可謂包羅萬象，治民情風俗時事八卦於一爐，寫得火辣生猛，當然少不了蔡珠兒最拿手的飲食題材。

　　《南方絳雪》和《雲吞城市》的書名並不標榜飲食，內容也不悉寫飲食，不過，飲食卻是化整為零，成為不可或缺的主題，特別是在《南方絳雪》一書，既有承《花叢腹語》而來的自然觀察，亦有得心應手的飲食書寫，而且飲食散文佔了一半以上的篇幅，由此可以見出，飲食書寫是蔡珠兒的強項。就寫作脈絡而言，《南方絳雪》之後應該推出的是《紅燜廚娘》，然而她先完成了《雲吞城市》。此書原是《中國時報・人間副刊》專欄，千餘字的短文辣爽犀利，是雜文和散文的混合體。蔡珠兒以外來者的身份寫混血城市，夾議夾敘，活色生香。她觀察的位置是隴隴

拉拉[1]，從庶民百姓的日常生活角度入手，褒貶現實，日月人物，這個張愛玲筆下的傾城，九七論述中被稱為夾縫中的城市，在她筆下變得充滿活力。她用得最好最出色的修辭跟想像，多半跟飲食有關，書名可見出端倪：香港可以雲吞概括，約略可見蔡珠兒的興趣所在。

《雲吞城市》之後而有《紅燜廚娘》，再有《饕餮書》（2006），主題逐漸集中於飲食書寫，文化觀察的興趣成為基底，六年之後出版《種地書》（2012），則集饕餮與女農一身，從市場、餐桌到土地，往下紮根，兜了一圈回到她最早的關懷——第一本散文《花叢腹語》裡那些跟自然和土地相關的一切。《種地書》延續蔡珠兒精雕細琢的修辭，奔放的情感，因為下接地氣，底蘊深厚，足以擺脫美食家（foodie）或饕餮（gourmand）予人只問口腹的耽慾之名。美食作家腳踏實地掘土耕耘，土耕筆耕，跟相對單純的《紅燜廚娘》又有了不同的風貌。

蔡珠兒的飲食書寫總是有著起伏變化，不是制式或複製式的寫作。類型散文是兩面刃，它的特色同時也是限制，極易形成模式化寫作，於是創作變成複製，風格變成框架。就論述角度而言，我們當然可以把蔡珠兒的散文放到飲食書寫的脈絡，不過，這條看似理所當然、也相對簡便的路徑很容易遮蔽了她的特色，也難以看到她的轉折和變化。

二、從自然寫作到文化觀察

回到蔡珠兒的《花叢腹語》。相較於同輩，蔡珠兒的寫作時

1 　廣東話，即縫隙。

間不算早，三十四歲出第一本書時，她住在倫敦，寫的卻是臺灣的植物筆記。她自稱這是「一本植物愛好者的獨白私語」[2]，寫作的動力是童年時住了兩年多的花蓮龍溪，自序〈木瓜溪有個綠小孩〉追溯這段記憶：

> 我終於愈來愈瞭解，為什麼見到各種花草樹木，我總感到似曾相識、親切眼熟，沒有來由地悸動興奮，心底掃過一陣電波似的狂歡。這必須追溯到記憶的源頭，木瓜溪上游那個蓊鬱明媚的山村。新鮮潔白的幼年記憶，像棉花吸水般飽蘸了植物的顏彩與氣味，成為我終生揮之不去的渴慕，最初也是永遠的厚重鄉愁。[3]

第一本書雖是初胚，卻往往蘊藏了日後創作的關鍵，那裡頭可能有一種創作的初衷和直覺，熱情與光芒，或許並不完美，更可能是成名之後，讓作家有點羞以面對的青澀之作。初胚沒有太複雜的技術，卻蘊藏了最個人的初始經驗，乃至日後被反覆處理被深化的概念。《花叢腹語》乍看跟蔡珠兒後出的散文表面看來沒什麼關聯。它是濃縮版的植物素描，加入了作者自身的觀察和情感的投射，以主題論，可以歸入自然寫作。[4]這些精緻的短文更像是

---

[2]　蔡珠兒，〈木瓜溪有個綠小孩〉，《花叢腹語》（台北：聯合文學，1995 年），頁 7。

[3]　〈木瓜溪有個綠小孩〉，頁 7。

[4]　自然寫作近四十年來在台灣已經相當成熟的發展，相關的論述詳見吳明益，《以書寫解放自然——台灣現代自然書寫的探索（1980-2002）》（台北：大安，2004 年）。

蔡珠兒的試筆，文字密度高，意象綿延，對色彩和氣味有著異常敏銳的感受，描述對象時總是窮盡筆力，從以上引文可見她喜歡形容詞和副詞的敘事風格，這也是她日後用來寫作飲食散文的方式。序文是此書最長的散文，如果沒有這篇說明性的長序，這本散文便失去著力點。《花叢腹語》的鄉愁意義有兩層，一指童年時居住的花蓮，二是對自然和土地的興趣，也是日後她會種地的遠因。蔡珠兒自陳這本書是腹語，她躲在植物的後面，猶抱琵琶半遮面，通過層層的象徵和故事寄託自身的感情。

她的第二本散文則擺向離自身經驗更遙遠的寫作方式。《南方絳雪》是深化複雜版的《花叢腹語》，篇幅增長之外，還加上文化批判的寫作技術，脫去《花叢腹語》的拘謹和小心，顯得奔放恣意。《花叢腹語》的序文〈木瓜溪有個綠小孩〉文末有兩個希望：第一，下本書不必再等七年，第二，人類植物學和香料誌希望有更好的發揮。事實上，《南方絳雪》出版時正好距離第一本散文集七年；第二，蔡珠兒確實朝向人類學和香料誌的寫作。〈丁香的故事〉對丁香有以下兼具詩意與批判的敘述：

> 我要寫一個丁香的故事，但猶豫著該用右手寫或左手寫？左手觸摸了故事裡的神秘、懸疑、冒險、血腥、殘殺、戰爭，還有濃得化不開的異國情調後，不免就喜孜孜寫成一齣熱熱鬧鬧的動作片腳本。左手冷嗤一聲搶過來，立刻改寫成一鏗鏗鏘鏘的批判理論個案，斥陳帝國主義的貪婪橫暴，同情被壓迫者的反抗鬥爭，剖析商品經濟的剝削與矛盾，控訴資本主義黑洞一般的吞吐邏輯。
>
> 最後我決定，要用鼻子和舌頭來寫，但是交給左右手輪流

謄抄。[5]

在蔡珠兒的筆下，左手是文學，右手是文化批判，兩者她都喜歡，但是最愛的還是跟味覺和嗅覺相關的感官體驗。事實上，這段引文正是蔡珠兒的散文特色，引文可視為她的寫作自況。《南方絳雪》收入的散文既是文學也有文化趣味，既是散文也可當成論文，批判倒未必，蔡珠兒的長項仍在抒情和敘事。〈丁香的故事〉結構如同論文，既有人類學的視野，又同時有香料史的知識，丁香是南洋香料，它的過往是血淚斑斑的殖民史。〈冷香飛上飯桌〉則寫芫荽，無論丁香或芫荽，都有東西方文化的撞擊，正如蔡珠兒視為第二故鄉的香港，是中西文化的雜糅之地。

〈今晚飲靚湯〉寫港人無湯無以為繼的飲湯文化，蔡珠兒的標題深浸港味，這篇散文的自傳性質不算少，但是敘述他人的生活居多，她在《種地書》表示，叨叨絮絮講自身的經歷是自曝其短。[6]這層見解或誤解可能成為前三本散文最重要的特質，她要透過許多事件和意象遮蔽自身，自我設限寫散文，卻意外形成風格。在《種地書》之前，她的個人生活是點狀的，離自傳式的散文較遠，主要圍繞著飲食或者文化，我們看不到她大面積的書寫自身。

5　蔡珠兒，《南方絳雪》（台北：聯合文學，2002 年），頁 34。

6　蔡珠兒，〈後記：汪老先生有塊地〉，《種地書》（台北：有鹿文化，2012 年），頁 257-258。

三、如何把香港寫到「出汁」[7]

《雲吞城市》是值得討論的個案。它在散文和雜文之間，蔡珠兒的敘事視角拿捏得宜，一方面讓散文跟自身保持距離，一方面又側身其間夾敘夾議。例如〈春瘟即景〉：

> 仲春三月，紅綿似火，漫山開著粉白的春花梨，灰頭鷦鶯在草叢喵喵亂啼，噪鵑高飛唳叫，一聲遞一聲愈叫愈快活。然而大好春光隨風吹進城中，卻被膠凝在街角固步不前，路人戴著大口罩行色匆匆，露出的雙眼充滿戒備，對擦身而過的春神毫無所覺，因為他只見到瘟神。戰雲像春霧般稠密，瘟疫如幽魂般飄忽，來日大難口燥舌乾，然而今日相樂也無法喜歡，因為政事虛浮混亂，財政的瘀紅赤字還腫脹未消，高官買車的事件又演成青黑的國際醜聞，高升的失業率也趁機倒打一耙，內憂外患夾擊，烏煙另加瘴氣，真是愈窮愈見鬼。遊人嚇得不敢來，本地人則嚇得不敢北上，連外出都戰戰兢兢，商場街頭一下子忽然清冷起來，一隻黃紋赤尾蝶悠悠然飛過銅鑼灣。[8]

2002 年春天，SARS 襲港，春瘟跟著春天來。〈春瘟即景〉不只寫了被煞的香港如何惶惶不可終日，同時也寫香港的時運不濟，政事頹唐，昔日香江風華不可復得，真正成了「傾城」。沒有特

7　寫到「出汁」相當於寫出精氣神，淋漓盡致的意思。

8　蔡珠兒，〈春瘟即景〉，《雲吞城市》（台北：聯合文學，2003 年），頁 45-46。

定的事件和人物，寫共相很容易成為浮泛的敘事，這種類型的散文並不好處理。不過，此文雖寫共相，卻別出心裁挑了特殊的角度切入。引文是散文的第一段，她把「暮春三月，江南草長，雜花生樹，群鶯亂飛」（丘遲〈與陳伯之書〉）的場景引到香港，由此可以看出蔡珠兒的中文系背景以及承《花叢腹語》而來的自然寫作功力。春日美景無法安撫或感動港人，南國的木棉、梨花、流鶯、杜鵑和赤尾蝶的撩人春色下，在恐懼和時局夾縫中惶惑生存的港人無心欣賞。公共場所風聲鶴唳，醫院成了重災區、到黃大仙不再求財而是求最基本的平安。不僅如此，蔡珠兒尚挖掘出香港跟疾疫不光明的過去，香港腳的污名和香港流感令它在全球的疾病史中留名。末了，此文以維多利亞港黃綠的樟樹喻貧病交加的港人臉色，黃綠的樟樹其實是由黃轉綠，然而為了對應香港的江河日下，成了由綠轉黃。

　　《雲吞城市》以中文和粵語的混雜寫混血香港。香港是一個以廣東話為口頭語的地區，書面語是中文，殖民地身分使英文又具有優勢地位。不是正統英語（English），而是外國人聽半懂的港式英語（Chinglish），蔡珠兒在〈如何學好破英文〉一文名之為「土炮英語」[9]。跟所有英殖地國家如馬來西亞和新加坡一樣，英語跟當地文化雜糅之後，發展出「不純」的語言特色，衝擊英語的正統和典雅，帶來民間的活力。

　　香港百年來的殖民，已經讓它的文化具有中西文化的雙元混雜性。在文化論述中，香港深受「借來的空間」、「借來的時間」（Borrowed place, Borrowed time）觀念的影響。曉士（Richard

---

[9]　蔡珠兒，〈如何學好破英文〉，《雲吞城市》，頁215。

Hughes）在 1968 年提出這個觀點，充分顯示在主權移交中國之前的香港夾縫性（gap-ism）特色。香港的歷史打造了它的混雜性和夾縫性，它既是一個以「中國人」為主要人口構成的城市，卻也因為殖民身分而使文化有混血性格。它和中國其他的城市不同，位於中國邊緣的地理位置歷史地隱喻了它的不純粹，不純粹形成香港的本土主義，或者為「香港性」奠下基礎，正如周蕾說的：「香港最獨特的，正是一種處於夾縫的特性，以及對不純粹的根源或對根源本身不純粹性質的一種自覺」[10]，《雲吞城市》深得這種自覺的混雜之味，把握到它的混血性格，寫出香港的不純粹性以及庶民性格，這正是香港的魅力來源。〈如何學好破英文〉和〈香港怪貓〉可謂深得神髓。說到底，蔡珠兒臺灣、倫敦和香港的三地經驗，特別和「混血」對味，她搬到香港時近九七大限，香港的好日子近尾聲。她喜歡香港的雜糅，也接受它的苦難，香港的美醜好壞她都能欣賞，返港有返家的歸屬感。

　　能夠「融入」的香港經驗對蔡珠兒非常重要，「融入」的重要關鍵之一是廣東話。惟有廣東話可以把香港寫得淋漓盡致，寫到「出汁」。一如周星馳的電影，廣東發音和國語配音的效果（笑果）仍然是有頗大差距的，廣東話的精氣神只能在它自身的語言脈絡裡煥發神采。李歐梵稱讚《雲吞城市》寫來「道地」，指出蔡珠兒對香港風土人情非常瞭解，日日漫遊在街頭巷尾，閱讀報章雜誌的報導，品嚐民間美食[11]。李歐梵所列舉的事件當然「道地」，然而要表現這種道地的香港味，不能不用廣東話。在

---

[10]　周蕾，〈殖民者與被殖民者之間：九十年代香港的後殖民自創〉，《寫在家國之外》（香港：牛津大學，1995 年），頁 101。

[11]　李歐梵，〈文化的香港導遊〉，收入蔡珠兒，《雲吞城市》，頁 7-8。

香港的九七論述中，粵語正是區隔香港跟中國的差異利器，也是香港性的來源，用來對抗中國中心的最有力證據。

如果不懂粵語，要如何寫香港男人「睇波」、「講波」的文化，又如何批判「好波」、「友誼波」的男性中心觀點？不懂粵語，這篇寫港人足球文化的〈波與蛋〉根本無從著力。〈十八平方呎〉寫港民的住房問題，住籠屋的港民一早共用的廁所被後來者搶先，他的飆罵是把食物和排泄物並舉：「Ｘ！昨晚沒吃飽，一早趕著去食屎嗎？食多點撐死你啦！」[12]這三句畫龍點睛的話，最能捕捉廣東文化的粗鄙無文，出口成髒（性器官之外，尚包含排泄物）。吃和拉都是重要的民生問題，然而把食物置換成排泄物，是粵語罵人文化的邏輯。其他如衰仔、衰佬、傻婆等看似罵人的稱謂，其實是歧義詞，有時可以帶著親暱的意味，衰佬可以用來稱謂丈夫，衰仔稱兒子，然而只能自用，別人用了便成罵詞。〈鬼〉亦能看出香港的殖民地性格，在這崇洋的島嶼，鬼不是貶抑之詞，鬼有高人一等的意義，華人再洋派，只得個番字而已。

以上例子皆能說明《雲吞城市》為何能夠掌握香港文化的神髓，為何能觸及香港的靈魂，又如何道地。蔡珠兒作為美食作家似已成定論，然而這個標籤似乎讓人忽視了《雲吞城市》的特殊之處。臺灣歌手羅大佑可以唱出港人的時代精神，蔡珠兒這本散文亦可寫盡港人的心聲。固然有些短文鋒利如匕首投槍，然而筆帶感情，正如蔡珠兒所說的，香港是她的家，寫這本書時，她已定居香港七年，飲食和生活習慣港化，喜怒哀樂與港民與共，甚

---

[12] 蔡珠兒，〈十八平方呎〉，《雲吞城市》，頁95。

至去參加七一遊行。魯迅的匕首投槍背後,是恨鐵不成鋼的家國之情;蔡珠兒的短劍光芒,折射她跟香港唇齒相依的情感。

《雲吞城市》既有生命經驗亦有思考深度,更重要的是情感的深度,借沈從文的感性說法,那是對香港懷了不可名狀的愛。關於情感的深度,我寫過一段文字如下:「散文是生命經驗的折射,在這個前提下,無論哪一種類型的散文,都不可能『無我』,從歷史文化的抒寫到個人情懷的抒發,無論是批判或抒情,它必須建立在「我」的主觀情感或者觀點下。生命經驗的厚度和思考的深度是構成好散文的重要因素,但是很少人關心情感的深度。情感可以一層層地架設,埋線,充滿隱喻而仍然行雲流水」[13],蔡珠兒的香港書寫正是具備了三者,生命經驗、思考和情感適足以讓我們體察香港的世俗人情。

《雲吞城市》之後,蔡珠兒的筆放得更開,她把廣東話更頻繁的融入後出的三本散文,《紅燜廚娘》、《饕餮書》和《種地書》的飲食書寫都因此而畫龍點睛,也讓她跟臺灣以閩文化和外省籍為主的飲食文學產生區隔。《雲吞城市》之所以值得關注,意義在此。

四、生活必需大於寫作

散文的文類特質是個人性情和情感的流露,小說家王安憶〈情感的生命〉有一篇文章論及散文和感情的關係:

---

[13]　鍾怡雯,〈流傳〉,收入鍾怡雯、陳大為主編,《馬華散文史讀本(1957-2007)I》(台北:萬卷樓,2002 年),頁 IV。

散文，真稱得上是情感的試金石，情感的虛實多寡，都瞞
不過散文。它在情節上沒有技術可言，同語言的境遇一
樣，它有就是有，沒就是沒……它的情節是原生狀的，紮
根在你的心靈裡，它們長得如何，取決於心靈的土壤有多
豐厚，養料有多豐厚。[14]

王安憶把情感視為散文最關鍵的因素和條件，強調情感在散文的
位置，情節和人物都是經過情感選擇和折射後的產物；心靈的土
壤和養料的譬喻看似抽象，其實跟生命經驗的積累和情感的深度
有關，兩者都是滋養心靈的養料。當然我們可以說，是香港滋養
了蔡珠兒，然則蔡珠兒的性情跟香港的或有相通之處，才能碰撞
出火花。香港投射了她對自身的家園想像，能夠讓她行山玩水，
自家有院子可以挖土種地，請客吃飯辦 party，香港疊合了最早的
生命體驗和現代經驗，是童年與現代生活的混合和重疊，容許她
遊藝其中。此時她有閒有興緻，木瓜溪那個綠小孩在香港找到了
她的樂土。

　　我們可以進一步提問，為什麼是香港？

　　用蔡珠兒寫丁香的形容答曰：「熱鬧、歡喜、親切、家常，
丁香和民歌一樣，只屬於熱愛生活、質樸自然的人，而且要紮根
在土地上。」[15]香港正好具備這些條件與特質，更正確的說法是，
是蔡珠兒「發現」了香港熱鬧、歡喜、親切、家常的特質，找到
特別的書寫視角。或許這正是聽搖滾樂做菜的蔡珠兒自身個性的

---

[14]　王安憶，〈情感的生命〉，《我讀我看》（台北：一方，2002 年），頁
　　98-99。

[15]　蔡珠兒，〈丁香的故事〉，《南方絳雪》，頁 49。

寫照,她寫做菜和飲食確實也活跳熱鬧如搖滾樂。同為飲食散文,林文月《飲膳札記》寫來淡定平和,不慍不火。她治菜如治學,宴客要寫筆記,記錄菜單、宴客日期和客人的名字。《飲膳札記》敘述烹調的細節不厭其煩,飲食扣緊過往的人事和記憶,勝地不常,盛筵難再的感嘆,使《飲膳札記》帶著懷人憶舊的唏噓。

　　蔡珠兒則形容請客做菜如同打仗,請客現場宛如新書發表會[16],可見她的飲食書寫如何跟前輩形成對比。如果林文月的《飲膳札記》是文火慢燉,蔡珠兒的《紅燜廚娘》和《饕餮書》則如熱火爆炒,一貫的快節奏,逼逼迫迫聲聲入耳。蔡珠兒自謂寫書時熱情衝動,如粵語說的「有火」,有時膽粗粗、懵查查寫下來,要到後來重新修改,如同「回鍋翻熱加料新炒」[17]。標題也下得「有火」,如〈我愛你,就像鮮肉需要鹽〉、〈粽子、傻子與魔鏡〉,快人快語。香港作家董橋名言:鍛字鍊句是禮貌。在蔡珠兒那裡,鍛字鍊句不只是禮貌,還是以針掘井的苦差,務求鉅細靡遺,抽絲剝繭進逼核心,語不驚人死不休,可比修練,令人明心見性:「文字讓我看到自己,察覺諸多塵埃斑疤,每寫一篇,對世界萬物,就多一點了解同情。」[18]董橋有名士氣,蔡珠兒乃是深得紅塵滋味的紅燜廚娘。她尚且自稱老蔡(〈老蔡肉粽〉)、傻婆(〈傻婆荷蘭豆〉),周星馳在電影裡慣常扮醜娛人,蔡珠兒用了具有扮醜效果的廣東話自我揶揄,卻是因為對鍛字鍊句的

16　蔡珠兒,〈打一場 party 的硬仗〉,《饕餮書》(台北:聯合文學,2006年),頁 97。

17　蔡珠兒,〈怪獸、老饕和饞貓〉,《饕餮書》,頁 20。

18　蔡珠兒,〈談寫作〉,《聯合報副刊》,2014 年 9 月 29 日。

自信。

　　到了《種地書》，廚娘還身兼農婦，掘地種菜，挑燈夜耕之餘，還生了一場要化療的病。散文是這麼一種直面生活的文類，經驗只嫌少不怕多，只恐生活單調乏味，沒有變化。王安憶談散文時特別強調經驗的重要：「它是有什麼說什麼的，它是你的真實所感與真實所想，你只有一個表達的責任。那麼，我們的真實所感與真實所想的質量，便直接地決定了散文的質量」[19]，按照這樣「有什麼說什麼，真實所感所想」的邏輯，歷練或經驗對創作者是必要的，吃苦挫敗生病打擊，人生低潮以及背光的那面，都是寫作者應該欣然接受的，這是給寫作者的禮物。或者用王安憶的說法，那是真實所感所想的質量。殘酷的是，通常是不幸才能帶來心境的變化和境界的提升。

　　清詩人趙翼說的：「國家不幸詩家幸，賦到滄桑句便工」，然而不幸和滄桑有時竟也是可遇不可求的。散文是如此困難。缺乏不幸不成，不幸太過強大也不成，那會讓人倒地不起，失去創作的餘裕。蔡珠兒把住院喻成進廠維修，又說像去了一趟外太空。動完手術看跑馬，看診之餘還有心情逛墳山，把電療當做Spa，燒菜做飯，散步運動，沒把自己當病人。她用蘇珊・宋塔格的說法自我開釋：鬱悶和創傷，根本就是人間的基本事況。[20]寫生病跟做菜種地一樣，都有置身事外，用旁觀者角度看自己的堅強和樂觀。文化觀察的對象換成自己，於是，擅長把自己藏起來，把舞臺留給別人的蔡珠兒開始寫自己。生病打開了她的自我設

19　蔡珠兒，〈情感的生命〉，頁98。
20　蔡珠兒，〈我比華爾街正常〉，《種地書》，頁118。

限，意識到這世界沒什麼不得不的堅持，放手去寫，反而讓《種地書》有了前所未有的自在和瀟脫：

> 種地有自然法則，生病何嘗不然，我只管認真去治，其他的都交給上天，靜靜看天，何其自在輕鬆。[21]

《種地書》於是不只有自然寫作、飲食書寫，也有對土地的情感和知識。她寫整地和製作有機肥，苦樂參半的勞作，種地的樂趣和辛酸，以及收成的狂喜，精彩細膩，完全不亞於她的飲食散文。有了泥土和汗水的澆灌，做菜的手接上地氣，蔡珠兒這本書的飲食書寫益加顯得底蘊深厚。《種地書》得了天時地利，她如此反省自己的寫作技藝：

> 以前還在迷飲食，著意社會文化，孜孜所思，夸夸其談，寫法則多長句和修辭，形容詞堆砌披掛，抓到個意象，非濃淡重染，釘死不放，非趕盡殺絕不可，粵語謂之「畫公仔畫出腸」。[22]

相較於前五本書，《種地書》也有更強的自傳性。自傳性固然不是散文的必然條件，然而前面提過，散文依附作者而生，是一種實戰實作的文類，無可迴避。相較於詩和小說，散文也是宜於中年的文類，吃過了苦頭，嘗到了生命的百般滋味，正是散文的好

21　蔡珠兒，〈少了幾塊油〉，《種地書》，頁 124。

22　蔡珠兒，〈汪老先生有塊地〉，《種地書》，頁 258。

時機，這時候，即便不想叨叨絮絮說自己，也會因創作的本能不得不把自己供出去，蔡珠兒是最好的例證。

　　《種地書》固然在主題上有些蕪雜，卻像是前五書的總結和延伸，所有的主題類型在這本散文裡重新統整，包括旅行書寫。這是隱藏在蔡珠兒散文的重要主題，只是鋒芒被飲食所蔽。異國經驗收束到飲食書寫，成了飲食的一部份，以致於讓她被貼了標籤變成「美食作家」。蔡珠兒寫作至今總共出版了六本散文，產量不算多，卻也不少。她的解釋是生活中有太多好玩的，賞花做菜，爬山旅行，都比寫作舒坦。[23]顯見她的生活遠大於寫作。寫作實難，幸好蔡珠兒玩心很大，那是一片沒有盡頭的土地，足以提供不絕的靈感源泉。

23　同上，頁258。

袁哲生／邱妙津

論壇

主持人
　須文蔚

討論人／題目
　胡晴舫
　　早夭與凋零
　伊格言
　　因為你的身材實在太好了
　黃崇凱
　　一個關於袁哲生的猜想
　張怡微
　　「世俗生活」與「生命情理」

須文蔚

早天與凋零
——胡晴舫

作家，創作文類以散文與小説為主，其作品
《第三人》曾獲第 37 屆金鼎獎圖書類文學
獎。通過文化評論、小説、散文，以犀利的
社會觀察視角，關注現代都市文明的種種現
象與荒謬性。著有《濫情者》、《旅人》、
《第三人》等散文集，《辦公室》、《懸
浮》、《她》等小説集。

　　我活下來了。二十歲之後，每一天我醒過來，都記得那些比我提前離開的同代人。我不曾忘記這件簡單的事實：我活著，而他們皆已死去。

　　倖存者總是懷抱罪惡感。站在手扶梯從捷運月臺上來，約會早到十分鐘發呆，過馬路等紅綠燈，生命中突然出現的時間空檔，一秒，五分鐘，半小時，風還在吹，雨沒有停，我以手掌遮住耀目的陽光，深夜一條長街，閃念為何我單獨一人站在這裡；那些花兒，他們都去了哪裡。每次發表一點文字，總畏懼面對眾人的眼光，內心惴惴不安，就像勞伯瑞福執導的第一部電影《凡夫俗子》，我小時候很喜歡因而看了三遍，我就是那名與哥哥共同經歷船難而活下來的弟弟，每當他意識到母親暗地打量他的眼神，他能感到那股冷冰冰的寒意，他懷疑，最疼愛哥哥的母親其實多麼痛恨居然是他活下來了，而不是光華四射、集三千寵愛於一身的哥哥，多麼希望當初大浪打過來時，跟著船隻翻覆沈入海底的人是他。結果，身強體健、善於游泳的萬人迷哥哥遭海水吞噬了，而他，這個害羞封閉、弱不禁風且泳技不佳的人卻莫名其妙逃脫了海水的魔掌，安全游回岸邊。

　　我與邱妙津同年，心理系的她開始提筆寫作時，外文系的我當時一心一意想要研讀戲劇電影，我們在同一校園，但活在平行線上。等我回過頭來，歸隊文學本行，邱妙津在巴黎自殺，我在臺北碰到了袁哲生。當年不比網路時代，文學園地就那幾個地方，圈子文化濃重，我第一次能在所謂的文學副刊發表，就在哲生工作的自由副刊，哲生給了我一個短短一季的迷你專欄，我寫得感激，戰戰兢兢，微型小說不過幾百字，我反覆斟酌，總要磨上好幾天才肯放手，交稿給哲生。哲生不是一般文學編輯，當時

他已是文學獎滿貫的大作家，他的《靜止在樹上的羊》成為年輕世代爭相閱讀模仿的作品。我寫得細，他讀得更細，就那麼幾百字，他也會認真給我評語。有一次，我為了寫出某種自以為靈氣的句型，便去掉了所有的人稱。他拿起電話，打給我，提醒我，省略的語氣看似高明，但容易文意不清，在某個特定段落的開頭，他建議我還是放回「他」這個字，不然，讀者可能一頭霧水。我武藝不高，卻自尊心極強，非常糟糕的個性。電話上，我沈默，他等了一會兒，口氣溫和地說，你不想改沒關係，就照你的意思。現在想想，以他當時的名氣、地位與權力，他完全不必容忍我一個無名小作者的任性自負。後來那批稿子集結出版，就是《機械時代》。

與哲生不同，我始終在文學圈子的邊緣打轉。我在臺灣的社會化過程非常痛苦、難熬，以至於我寫了一本喃喃自語的《濫情者》。我一出校門，很快就明白自己離夢想的距離很遠。我想做的工作，想過的日子，不但與我無關，而且跟銀河系一樣遙遠。我想當的那個人，整個世界都告訴我，根本不可能。所以，與是枝裕和的《比海還深》那部電影有點不同，不用到四十幾歲，約二十五歲時我就被迫覺悟，我這個人的價值連一枝鉛筆都不如。

二十幾歲的我大部份寫作仍是投注在我的白天那份工，耗盡我全部的精力，我從寫作得不到任何滿足。我的筆是我的吃飯工具，我成了名符其實的文字工人，我滿懷的詩意都用來下標題，我對角色的想像力都放在我採訪的對象，我對文字的敬意換成一疊疊鈔票，所以我能在臺北這座城市裡維持一份簡單的生活。我其實羨慕邱妙津以死亡完成了她的藝術高度，寫作對她來說已不再是終極的生命焦慮，不必再終日惶惶，不斷追尋生命的意義。

我也嫉妒哲生的寫作優勢，我以為他已經寫得那樣好了，他不必再向全世界證明他能寫，在外界看來，他已是一名寫作成就非凡的優秀小說家。當然，沒人能真正明白另一個人的內心掙扎與他的生命處境。

我沒料到，哲生毅然決然選擇脫離那個人人稱羨、恨不得擠進去的文學貴族圈子，跑來加入我的町人世界。我替當時的老闆去倫敦談了一本男性時尚雜誌，哲生居然答應過來當主編。我萬萬想不到。哲生的小說，充滿鄉土的情懷，而他的冷笑匠格調，與國際風格無縫接軌。哲生是一名稱職出色的總編輯，雜誌非常好看，同事們全愛戴他。關於我的辦公室生涯，我所痛恨的一切，哲生這名文學貴族竟然就過起相同的日子，包括每天開著廉價小車去到工業區，停在公司後山停車場，而後山滿是大型高壓電塔，停好車之後，要沿著鋪設粗糙的水泥階梯，兩旁雜草，一步步走下來，那一刻我總是覺得特別渺小不重要，覺得自己就要被大太陽烤焦，覺得我一輩子還沒活過就已經白費了。覺得文學這件事，彷彿正在飄遠的一朵雲，從此完完全全與我無關。我忘不了那座後山。當我隔海聽說他們在那座後山找到哲生時，我的情緒一片空白。

我在《辦公室》書裡明確地寫了一篇〈小說家〉，紀念哲生。多年後，我寫了另一篇關於小說家的故事〈惡妻〉，收在《懸浮》一書，我已經明白，我寫的人是我自己。現實壓力與寫作夢想之間並沒有什麼拉扯徘徊那種哲學美感，只有望不見底的深溝一條，無盡的黑暗，光線都不敢涉足。站在深淵邊緣往下望，立刻出現生命的暈眩感，感到一股惘惘的威脅，一不小心，你就失足掉下去了。

　　1969 年人類第一次登陸月球，在這個特殊年份前後出生的一代，美國稱作 X 世代，意思是他們是謎，沒人能預測他們的未來，他們會長成什麼性格，他們的文化品味，他們的政治觀，他們的性愛態度與家庭觀念，等等，沒人知道。他們年紀輕輕便已老成，滿眼純真，卻又那麼憂傷，看似倔強，偏偏脆弱無比。而在臺灣，這一代人歷經了冷戰、白色恐怖、解嚴，進入青年期，碰上臺灣經濟奇蹟，緊跟著中國大陸開放，臺灣經濟迅速萎縮，人才大量出走，政治口號掛帥，文學失去了社會影響力，我們的一生幾乎就是現代臺灣歷史的縮影。我們這一代人的憂傷抑鬱，會不會其實就是時代隆隆滾動時加諸於我們身上的瘀傷？我這個始終不相信年級說的人，作為 1969 年的孩子，應該在此認了：我們其實從來不知道該怎麼活，世界才會對我們滿意，我們才懂得放過自己，而活著這件事變得不是那麼沈重。我可以不必對自己還活著感到愧疚，不用為了自己還有寫作的慾望而覺得需要向全世界道歉。

　　曾經以為文學會是我們的救贖，但，也許我們都太天真了。那些親愛的朋友因為青春芳華茂盛而早夭了，而我的青春還不曾開花便已提早凋零，於是一直以枯樹姿態存於世上。我不曉得如果今天他們站在我的身邊，他們會跟我說些什麼，也許我們不見得會彼此親愛，反因同儕壓力而相互妒恨。但，我仍記得我曾經目睹的那一雙雙黑色的眼睛，那樣靈動活潑，滿滿是想要擁抱生命的渴望。顧城的詩：「我帶心去了／我想，到空曠的海上／只要說：愛你／魚群就會跟著我／游向陸地。」我沒法真正知道他們若活著，內心在想些什麼，但，唯一，我能確定的是我們都熱愛這個世界，所以我們才會不自量力，縱使身上只安裝了一對蠟製的翅膀，依然奮力，振翅，飛向太陽。

因為你的身材實在太好了——伊格言

本名鄭千慈，作家。創作文類以小說為主，曾獲聯合文學小說新人獎、自由時報林榮三文學獎、吳濁流文學獎長篇小說獎等殊榮，並入選《台灣成長小說選》、《年度小說選》、《年度散文選》等選集。2003 年出版首部小說《甕中人》，獲德國萊比錫書展、法蘭克福書展選書，2007 年獲英仕曼亞洲文學獎入圍，並獲選臺灣十大潛力人物，2010 年出版長篇後人類小說《噬夢人》，為該年度華文純文學小說賣座冠軍，入圍臺灣文學獎長篇小說金典獎，並獲 2010 年《聯合文學》雜誌年度之書。另著有詩集《你是穿入我瞳孔的光》、短篇小說集《拜訪糖果阿姨》、長篇小說《零地點 GroundZero》、評論散文集《幻事錄——伊格言的現代小說經典 16 講》等。

　　西元 2001 年（平成 13 年）7 月 10 日傍晚四時，川尻松子之屍體於東京都足立區荒川河畔被發現，得年五十三歲；經勘驗後，確認為他殺無誤。負責善後事宜的家屬代表為其二十歲姪兒阿笙。然而於川尻松子生前，阿笙幾乎全然不知有此「松子姑姑」之存在，因為早在三十多年前，松子與其家庭早已斷絕關係，失去聯繫。姪兒阿笙奉父命進入松子居住的簡陋廉價住宅「光庄」為素未謀面的姑姑整理遺物，發現其亂其髒，近乎遊民等級，明顯帶著自棄意味。刺龍刺虎重金屬龐克打扮的鄰居告訴阿笙，鄰里間均以「令人討厭的松子」或「那個瘋女人」呼之，因為於蟄居光庄期間，松子不打掃，不梳洗，亂扔垃圾，囤積廢物，製造噪音，迴避社交，拒絕任何人接近（無論其善意或惡意）；然而──

　　誰殺了松子？何以她是「令人討厭的松子」？

　　電影《令人討厭的松子的一生》，日本東寶 2006 年出品，山田宗樹小說原著，中島哲也執導。表面上，松子死於不良少年之隨機攻擊，這難免令人覺得她只是運氣不好。試想：善良的街友松子其時已下定決心尋求援助，回到荒川河畔拾起友人澤村惠名片，打算重操美容師舊業；如果她運氣稍好些，沒有遇上那群不良少年，那麼……

　　抱歉。沒有那麼。沒有如果。可惜沒如果。「運氣不好」的說法顯然過度輕描淡寫，因為實際上那正是「命運」。命運是什麼？命運者，你將會對不該愛的人獻出愛──不，這麼說並不準確，更準確的說法是，你必然、鐵定會對這不值得你一丁點愛的生命或世界獻出愛，不偏不倚，正中紅心；一如松子，一如松子始終保有的那顆純真的心。平成 13 年，傻瓜松子死於不良少年之

隨機攻擊——這說法同樣似是而非，隨機攻擊是死法，而非「死因」；松子的正確死因其實是她對這個世界的愛。松子死後五年，西元 2006 年，平成 18 年，我在電影院裡無差別的黑暗中親歷她的人生，淚流滿面，完全笑不出來，即便眼前銀幕上是松子滑稽的鬼臉，即便松子的情夫，有婦之夫岡野拋棄她時的「臨別贈言」如此殘酷、荒謬又爆笑無比：

> 不，我不愛你，更沒打算和你結婚。是我對不起你……我做了壞事，做得太過份了，老實說……因為你的身材……實在是太好了。

因為你身材實在太好了，我忍不住想上你。因為你實在太善良了，我忍不住想欺負你。因為你實在太真誠了，我忍不住想騙你。因為我無法克服自己的恐懼、懦弱與妒恨，所以我背叛了你。抱歉，我太爛了；但與其說我太爛了，對你而言，不如說這世界實在太爛了——

這就是世界的真相。這就是世界本身。Welcome to the real world。在電影院裡嚎啕大哭令人羞恥無比，因為影廳裡並不只有我一人；為了不讓鄰座發現，我忍得上氣不接下氣，差點在座位上氣絕而死。於我而言，《松子的一生》就是，如果你像她一樣懷抱著對世人無邊無際的愛（是的，正如害慘她的另一名情人龍洋一引述神父的話，「神就是愛」），如果你愛這世界愛得椎心刺骨十惡不赦撕心裂肺毫無保留，那麼你的下場就會和松子一樣。這其實是個聖者的故事（松子以其肉身、精神與愛之意志獻祭予生命，予他人，予此一全無可愛之處的塵世），也正是《悲

慘世界》尚萬強的故事。而龍洋一表示，「對我來說，松子就是神」——這同樣以偏概全，因為那不僅僅是龍洋一的個人感想而已；松子確實就是神。神的下場是什麼？（耶穌的下場是什麼？）被圍剿，被背叛，被凌辱，被釘上十字架；以其痛苦與鮮血滌淨世人之罪孽。耶穌錯了嗎？或者，錯的其實是這個世界？

「世界總是沒有錯的，錯的是心靈的脆弱性」，「我們不能免於世界的傷害，於是我們就要長期生著靈魂的病」——邱妙津，《蒙馬特遺書》。1995 年 6 月 25 日在巴黎以剪刀暴虐地刺死自己的邱妙津總令我想起自己的青春年少——不，等等，我真有所謂「青春年少」嗎？說得誇張些，我的大學時代可能並不存在於真實世界；當時就讀於臺北醫學大學醫學系的我過得萬分悲慘，早已不再相信我真能從這個世界裡得到些什麼。於我而言，唯一有意義之事與外在世界毫無關係，反而存乎於心，存乎於幾部膠卷、VCD 碟片刮痕與泛黃的書頁之間——那是《蒙馬特遺書》、《巴黎野玫瑰》（尚·賈克·貝內）、《花火》（北野武）、《意外的春天》（Atom Egoyan，艾騰伊格言，我的筆名就是這麼來的）、《悄悄告訴她》（阿莫多瓦）與《令人討厭的松子的一生》（山田宗樹原著）。2003 年我出版了第一本書《甕中人》，卷首題獻予我的大學時代，「那沒能拿到任何文憑且終究一事無成的一千八百多個日子」，而書中後記則再次引用了《蒙馬特遺書》之片段。我至今仍可準確無誤一字不差地複誦那則述寫——《遺書》已近尾聲，形銷骨毀之人已悄悄按下死亡的碼錶，愛已長成了畸形的怪物，而怪物身上的累累傷痕則隱喻著夜間海濱公路般無邊界的荒寂與兇暴：

（Zoe，你想兔兔現在正在幹什麼？）

我永遠不能忘懷那一幕：我們搭夜間火車睡臥鋪，從 Nice 回 Paris，夜裡我爬到上鋪為她蓋被子，她這樣問我。

我跳下臥鋪走到走廊上，風呼嘯著撲打窗玻璃，外面的世界一片漆黑，唯有幾星燈光，我點起一支煙，問自己還能如何變換著形式繼續愛她？

邱妙津說的是什麼？何謂「變換著形式繼續愛她」？我當然知道，所有曾真正愛過的人都知道。我知道，當風暴襲來，當愛絕塵而去（我失戀了，女友 L 離開了我），滅頂之前你奮力掙扎，束手無策，唯一的念頭是窮盡一切手段，祈求對方無論如何留在你身邊。（松子的說法：「和他（龍洋一）一起，就算是地獄我也去；那是我的幸福！」）我們還能怎麼做？變換一種形式繼續愛她──你不喜歡我愛你的方式，你總埋怨我所給的不是你要的；好的，可以，那麼我就換一種；你再不喜歡，我再換，換到你滿意為止。

那是愛的卑微，愛的渺小，其索求之絕望令人不忍卒睹。而在那段黑白畫片般失去了所有立體維度的日子裡，傷害我的當然不僅僅是愛情，還有對生命巨大的迷惘。想當精神科醫師的我進了醫學系，被生化生理病理解剖寄蟲等科目玩得頭昏腦脹。如前所述，我與我的外在生活毫無關連，學業的挫折摧毀了我所有感知能力。由於校舍新建工程之故，臺北醫學院小小的校園裡恆常沙塵漫天，日光熾烈，然而我總感覺自己孤身一人匿藏於地窖之中，每日與貼膚的濕冷相處。喪屍般的日常中我一次次翻讀著《蒙馬特遺書》，在筆記本上寫下我對 L 的思念。某次我將筆記

本忘在教室抽屜，事後驚覺急急跑回去拿，階梯教室裡已是另一堂課，不知哪一系的同學將抽屜裡的筆記本遞給我，臉上露出詭異的笑容。我感覺那笑容隱喻了整個世界對我的看法：看看你，看看你這怪人，看看你的狼狽、羞恥與一敗塗地。「彎著腰，伸出手，抓住天上的星星」──《松子》的主題曲，人人皆懷抱的美好想望。然而我所理解的真實是，「世界總是沒有錯的」（《蒙馬特》），「生命總是在阻擋我」（《巴黎野玫瑰》）──但生命總在阻擋你嗎？此刻我想告訴年輕的自己與《巴黎野玫瑰》的女主角，那暴烈，純真而美麗的貝蒂（BTW，老實說，你的身材實在是太好了，呃）：事實是，不，生命從未阻擋你，它只是對萬事萬物皆無動於衷而已。我現在當然知道了，我知道得太晚，晚於迷惑，晚於生命所展示予我的眾多幻象，晚於彼時所有可能與不可能的救贖。而《花火》是什麼？北野武的暴力是什麼？同於貝蒂的瘋狂與邱妙津的自死，同於《意外的春天》中所拋擲而出的，人的非理性；那似乎是困鎖的生命唯一的出路──反擊，義無反顧，以牙還牙，以等價於世界之漠然的冷酷，任憑一切於暴烈的撞擊中毀滅。

於是警官北野武帶著罹癌的妻子踏上了沒有歸途的旅程。於是貝蒂剜去了自己的眼睛。於是 Zoe 將刀刃刺向心臟，一下又一下。那是生命之終局，同樣也是無暇之愛的終局。何以致此？此其中非關對錯，僅是生存之本然面目。松子運氣不好嗎？當然，但又有誰運氣是好的呢？如同我在〈一起耍笨〉中曾如此述寫：如何與命運對奕？如今我們或可如此回答──鬼臉，唯松子之鬼臉能夠與命運默然而對。當光陰似箭，馬齒徒長，當青春小鳥一去不回，我們終究會知道命運是如何對待我們的：因為我們身材

實在太好了，所以就被上了；因為我們實在太善良了，所以就被
欺負了；因為我們實在太真誠了，所以就被騙了；因為某些生命
本身與我們皆難以克服的，自身之恐懼、儒弱、妒恨與無動於
衷，所以我們被背叛了。我們還能說什麼？有的，那是《蒙馬特
遺書》最後的輓歌，一句送給命運不甘不願的場面話，一句自暴
自棄的安慰，送給渾身傷痕的自己，安哲羅普洛斯的《鸛鳥踟
躕》：

　　將我遺忘在海邊吧，我祝福您幸福健康。

（2016.6.）

一個關於袁哲生的猜想——黃崇凱

作家，曾獲臺北文學獎、耕莘文學獎、全國學生文學獎、聯合文學小說新人獎、吳濁流文藝獎等殊榮，曾任耕莘青年寫作會總幹事。與朱宥勳合編《台灣七年級小說金典》。著有《比冥王星更遠的地方》、《壞掉的人》、《黃色小說》等小說，文字音樂書《靴子腿》。

　　袁哲生過世一年後（2005），當時主編《野葡萄文學誌》的小說家高翊峰邀請了八位 1980 後出生的創作者共同書寫袁哲生。那封邀稿信這麼寫著：

　　「各位年輕的作家們：

　　四月號的野葡萄將做一個有關袁哲生的小小紀念回憶專題，想請八位 80 後出生的作家新生們，聊聊你們 80 後的眼睛裡的袁哲生。

　　不管你們有沒有接觸過、有沒有讀過這個已逝的作家，都可以自由的聊。

　　野葡萄想呈現的是 80 後對袁哲生這個人最真實與直接的觀點，嘻鬧怒罵百無禁忌。所以，發揮你們最巨大最新穎的創意，回答以下這些問題吧⋯⋯」

　　雜誌列出幾個題目，其中一題是「請以袁哲生為小說主角，寫一篇三百字的極短篇小說（300 字）」。受邀者之一的湯舒雯寫下這篇：

　　小說家的朋友，另一位小說家，不知從哪裡張羅來八個樣式不一的箱子。產地花色材質雕紋各不相同，小說家的朋友氣喘噓噓地扛著這八個箱子，吃力而蹣跚地走進竹林深處。

　　小說家吊在樹上。

　　小說家的朋友終於來到小說家吊著的那棵樹下。他砰地一聲將八個箱子放下，然後像小孩子堆積木那樣，把箱子一

個疊上一個，直到放上最後一個。

「哲生，試試看，下得來了嗎？」小說家的朋友仰起頭，淚流滿面的說著。

小說家沒有說話。

小說家跳下來，踩著搖搖欲墜的箱子；他彎下腰，對朋友深深地行了一個禮。

然後腳尖一蹬，重又安安靜靜地，掛上了樹梢。

十餘年後，重看湯舒雯的極短篇，寓言成了預言。

通靈、溫度計和收音機的相遇

　　影響袁哲生投入文學書寫的起因、師承難以考察，然而從他第一本小說集《靜止在樹上的羊》，隱約可描摹出他的作品樣貌：白描、質樸，多以烘托手法呈現題旨意象，輻射出方言鄉野傳奇、寓言、切片式家庭小劇場，抒情和抑鬱中帶著幽默，這些特質在日後的兩本短篇小說集分別得到更多伸展空間。

　　據說袁哲生生前熟讀汪曾祺和沈從文，其中可能更以汪曾祺作品（在可尋見的袁哲生書房照片中，簡體版的汪曾祺全集擺在書櫃焦點位置）為主要臨帖對象。在黃錦樹的評論中，也明確指出袁哲生與汪曾祺之間的若干聯繫[1]。沈與汪的短篇作品大多是鄉野故事的現代變形，常有描寫傳統過渡到現代的換軌痕跡，沒有太多心理層面的內在描寫，多集中在人物與環境間互動的舉止和

---

[1]　黃錦樹，〈沒有窗戶的房間——讀袁哲生〉，收於袁哲生《靜止在——最初與最終》（台北：寶瓶文化，2005 年），頁 333-334。

行為，自然地鋪陳故事情節。就袁哲生在報刊一系列分析小說技
法的有限樣本來看（可能因為篇幅，多集中談論短篇小說）[2]，他
特別能捕捉小說字裡行間隱而未言的轉折與核心。就他自己的作
品實踐來看，似乎可以合理地把他也納入沈、汪一脈的小說傳
承。然而要談作家的影響和受影響是困難的，或許得從袁哲生不
多的相關札記和文字中尋找蛛絲馬跡，其中有幾個關鍵詞：通
靈、溫度計與收（錄）音機。

　　袁哲生在《寂寞的遊戲》序言提及「靈魂的體重」。寫作的
人宛如乩童，可能在下筆之時多了幾公克體重，而能把虛構的人
事物呈顯在文字中：

> 那次經歷，讓我對乩童這個行業產生了一種很親切的感
> 受。那是一種古老而充滿失望的能量，它讓人們維繫了一
> 份非常間接的友誼關係。我始終忘不了那個充滿酒氣，表
> 情扭曲，端坐在矮桌上左搖右晃的身影。在眾目睽睽之
> 下，他就像一台破舊的老收音機，不斷地發出滋滋響的雜
> 訊，只偶然地，在最理想的狀況下，勉強接收到幾句話，
> 或是寫下一句費人猜疑的詩行……。[3]

他在手札中也屢屢提及寫作和通靈之間的相似，作家就是靈媒這
類說法[4]。除此之外，他最常使用的比喻則是收音機（或錄音
機），同樣的概念：寫作者不知自己可以寫出什麼，就像打開收

---

[2]　袁哲生，《靜止在——最初與最終》中的「輯二：文學觀點」。

[3]　袁哲生，《寂寞的遊戲》（台北：聯合文學，1999年），自序，頁14-15。

[4]　袁哲生，《靜止在——最初與最終》，頁311、320-323。

音機後，你不知道會收到什麼廣播電臺的內容，你無法預測。由此延伸，在〈西北雨〉[5]，他讓「我」成為一臺錄音機，不知會錄下什麼聲音，也不知會有什麼聲音出現在收音範圍，一切的語言都只是聲音符號，還沒有被賦予意義，作為孩子的「我」尚無法將聲音和意義串聯起來形成語言的理解，此時的「我」是自然又客觀的存在，甚至還沒意識到「我」的存在，因為尚未配備語言用以主觀描述。

這樣的寫作態度，讓袁哲生的小說一貫從容、不疾不徐，沒有具體的衝突、吶喊的情節，結尾常是現代主義的留白淡出或無疾而終，過程只有他自己形容的「轉彎」留置其中，因而顯得清遠抒情。整本《寂寞的遊戲》就是這樣的寫作實踐。

從通靈、收音機和溫度計的比喻中，多少能看到袁哲生致力的是偏向自然主義的現代小說，作者盡可能隱身字裡行間，不借題發揮，也不現身說法，讓作品成為一支溫度計，只有簡潔的描述而不講述，把所有的價值判斷留給讀者：溫度計無法控制氣溫或冷或熱，溫度計的刻度高低也沒有絕對意義，而是感受天冷天熱的人會賦予溫度以意義和詮釋。

這可能在某程度解釋了袁哲生寫作向度何以偏向寓言、極短篇和短篇，在有限篇幅中，他能「控制」作品只當溫度計或收音機，而無需擔憂失控後作者有意無意間增加的諸多意涵：

　　我為什麼寫短篇小說？因為小說（人生）藝術之深奧宛如

5　最初以此篇名發表，後收為中篇〈天頂的父〉其中一節。袁哲生，《秀才的手錶》（台北：聯合文學，2000 年），頁 50-63。

　　一塊大餅，我只敢切一小角嘗嘗味道，如果整塊吃下，可
　　能並未吃出更多的味道。這麼一來，那麼我可能別無所
　　獲，只留下羞愧懊惱。[6]

袁哲生猜想

　　設若袁哲生並未過世，仍好端端地活到今日，他可能會創造
出什麼作品？又可能會站在當代臺灣文學的什麼位置？

　　最大的對比標靶還是落在他的同代人駱以軍。袁、駱二人出
生年相仿（1966 年與 1967 年），一前一後拿下指標性的時報文
學獎（駱以軍是 1991 年的〈手槍王〉；袁哲生則是 1994 年的
〈送行〉）。駱以軍在二十世紀末到本世紀最初十年幾乎專攻長
篇小說，以繁複華麗的文字見長；袁哲生的所有作品均是中短
篇，筆法簡約清淡，兩人顯然各站在小說創作光譜的兩端。但文
學的豐富茂盛，應在多種光譜的極端生長和展現，如果某端肥
大，那巨大的陰影可能會遮蔽其他的可能性。

　　若袁哲生繼續活著，可能會接著書寫一系列在《秀才的手
錶》開啟的「燒水溝」小說（見諸袁哲生《燒水溝系列二》開篇
筆記的照片）。可能是燒水溝相關角色的短篇連作，也可能是短
篇串連起來的長篇故事集。這系列作品的樣貌不難想像，像是以
「時間」為主題貫串《秀才的手錶》，袁哲生在筆記中記下可能
以一組「有和無」的概念來開篇。小說應仍以鄉土（燒水溝）為
主要場景，落在敘事者的童年與少年時期（約接近臺灣 1970-80
年代初期），閩南語對白同樣犀利到位，大概也會是水準之上的

作品。這或許將是袁哲生辨識度最高的小說作品，但也不排除他仍會有類似《寂寞的遊戲》中那些描寫當代處境的中短篇小說（生前未發表的中篇〈溫泉浴池〉即為一例）。可以想像袁哲生持續創作，讀者讀到《秀才的手錶》續作、《寂寞的遊戲》續作和《倪亞達》第五或第六集，他會累積比現存還多一些的作品數量，同時也足夠讓後起的寫作者清楚明白：寫小說除了寫得像駱以軍那樣，也還有別條路可走。不見得非要靠近某條小說之道才是王道。

　　與此同時，或許也照見一個猜想：袁哲生作品的存在意義可能已經完成。在其有限的生命和作品中，袁哲生並不算起步晚，就他生前發展出來的創作美學觀，很可能只會造就數量的累積，而無法形成意義的累積：

> 抒情的成分對我來說一直是（最）重要的，詩、小說、電影、音樂……，一切都照一個單純的凝聚力，始於感性，終於神祕。一切作品，只要推至一個撼人的無奈，便是好的傑作。[7]

袁哲生最被稱許的作品也常是上述這段話的實踐。因此若袁哲生繼續稱職的寫作，寫了數十年，他會創作出為數豐富的短篇小說傑作，也許數量和品質均不低於他素來推崇的瑞蒙・卡佛（Raymond Carver）。雖然這一切都只是個猜想。

---

[7]　袁哲生，《靜止在——最初與最終》，頁 315。

「世俗生活」與「生命情理」——張怡微

作家，政治大學中文系博士候選人、上海作協青年作家。曾獲 2010 年時報文學獎散文組評審獎、2011 年香港青年文學獎小説高級組冠軍、2013 年時報文學獎短篇小説組首獎、臺北文學獎散文首獎、2014 年紫金「人民文學之星」散文大獎等殊榮。著有《都是遺風在醉人》、《悵然年華》、《我自己的陌生人》等散文集，《你所不知道的夜晚》、《夢醒》等長篇小説，《哀眠》、《舊時迷宮》、《因為夢見你離開》等中短篇小説集。

　　仔細讀邱妙津，會不時地發現她在行文中，藉由文體、語義，藉由斷片式的情節敘事，有意識呈現的自我建構。這種自我與他者的對立，實存於邱妙津語言風格的方方面面。她似乎過分拘執於各種名詞、形式的邊界，以對立反抗調和，一如她在《蒙馬特遺書》中反復強調的「我」、與「世俗生活」之間並不可靠的對立關係。

> 一個我所經歷過的失敗的「世俗生活」的故事。
> 不要說我不懂、沒有能力過世俗生活，或是不屬於世俗生活，相反地，我發現只有我是真正有可能去過同時包含這兩種生活的人。世俗生活的強大能力含納在我的體內，蘊藏在我的生命裡，也可說是藏在我體內那顆「渴愛」的種子裡。它和一般人發育的順序是顛倒過來的，我的人生是先長出強大的精神能力，再長出現實的欲望與能力。

> 正是因為她，我想健康起來，我想做一個健全而完美的人，正因為被她的愛所感動，所以我想長成一個強壯（特別是世俗生活的部分）足以負擔她的人。

　　在這一部分她所「經歷過的失敗的」世俗生活中，邱妙津為俗情找到了自覺的部分、清醒的部分與嚴肅的部分。那個令她希望自己變得健康的人，同樣也是真正令她變得病弱的人。那個令她希望自己變得完美的人，同樣也是真正令她變得缺陷的人。這就很像《金瓶梅》中李瓶兒所說，「誰似冤家這般可奴之意，就是醫奴的藥一般。」「妳」是「我」的藥，但「妳」同樣也是

「我」的病。「妳」在「我」的身上實現了某種虛擬的「自救」。這種構建方式很有意思，經由書寫者特殊的語言得以實現。情慾經驗同樣是語言建構的結果。遺書呈現為情書。

而邱妙津以孤零零的姿態站立在「世俗生活」之外，其實也是她以極強的自我生存感將自己從「世俗生活」中剝離的姿儀。她假設自己站在「兩種生活」之外，得以觀看世俗與非世俗，這種「強大的精神能力」無疑是她的讀者真正為她的文字所著迷的原因。她極度偏執地希望把「愛」或「不愛」的命題從「世俗」中萃取出來，把自己從「世俗」中冶煉出來，這本身也使得「愛」呈現出了本體的意味。

在《蒙馬特遺書》中，邱妙津寫自己非常喜歡安哲羅普洛斯的電影中《鸛鳥躑躅》。這部發生於希臘邊境的影片，照亮了國族意識形態的沒落、國家的解體、不幸的難民與人情世故的絕望。我們當然可以從中讀出性別的越界、流離失所的彷徨。在「第四書」中藉由對「絮」的絮語，邱妙津寫了自己對於安哲羅普洛斯作品中處理的大量象徵的認同，其實也是借徑他人的表達，渴望更多的、更明確的認同。這種認同非要來自她的書寫對象，或未明的未來的讀者。或者這二者本質上是同一的。

假設一個無瑕疵的完美聆聽者，這令傾訴得以不受干擾的呈現。邱妙津幾乎精心設置了一個愛人與愛人溝通的實驗，在行文中，她不斷為實驗加入假設，又為實驗取消前提。「我想我對於人生的想像，正在離開這兩、三年來我對絮的想像……」、「然而，這本遺書中並沒有要留給絮的隻字片語。」又如她提到《霧中風景》中被拖進卡車裡強暴的小女孩，「知道自己被迫骯髒，然而也並非真正覺得自己不純潔，只是哀傷。」她在每一書開篇

所命名的對象，規定著互動的方式、熟知的界限與有限的社會情境。她在「召喚」他人的過程中，一次又一次在社會取向不同的位置，起筆勾勒不完整的自己。

《蒙馬特遺書》中大部分創傷經驗都是感受性的，關於死亡的欲望也是感受性的。但因我們沒有人親歷過死亡，邱妙津在處理文字時將二者並置呈現，使得創傷的重複書寫開始不斷與死亡交織。作家本人的死亡與小說一同形成了一個大文本，以至於作為讀者的我們甚至很難釐清邱妙津書寫的 Zoe 究竟是作家邱妙津的化身，還是小說形象的邱妙津。第十三書中她將生命作為他者發生對話，「倘若生命連你都不要，還有什麼情理可言？」作家邱妙津在提取、分離 Zoe 與她的生命體。她十分擅長於做這一類的分割。她也同樣如此思考著死亡、思考情慾。她反復決定去死就像她反復願意去愛，她總有一次不再被死亡拋棄，離別得不到或世俗的愛。而「遺書體」更是死亡文學化假託書信體的佳構。

邱妙津所鍾愛的安哲羅普洛斯有一部電影叫做《霧中風景》。影片中一路風雪、泥濘，一對疲憊的、尚未成年的姐弟在迷霧中尋父，然而尋找與成長皆是鈍痛，這條旅途沒有終點像故事沒有結束。《蒙馬特遺書》與《鱷魚手記》同樣是成長未完，鈍痛已至的極致書寫，詩意則表現為邱妙津對於「情」的清澈態度，她鮮有不投擲敵意和怨念的對象，居然是關於「情」的發生。無論這份後來呈現為極致苦痛的「情」，越來越表現為說服、反抗、詮釋的強烈意圖，「傷心」總是如薄霧縈繞在這些動作周圍，表現為一種在世陪伴。

邱妙津作品的經典化，其實與邱妙津的文化化緊密相關。也就是說邱妙津的價值並不僅限於文學研究，它更是文化研究、社

會研究重要的案例。實際上「情與文化」在 1980 年代以前，還是人類學界的邊緣課題（劉斐玟語）。記得七月在中央研究院舉辦的「不死的靈魂：張愛玲學重探──張愛玲誕辰九十五周年紀念國際學術研討會」上，清大的林建國老師發言說，這是一個很少見的現象，我們那麼多人聚集在一起討論「愛情」。這是很有趣的轉向。情感作為一種可能失控的情緒、或生理上的衝動、又或介入社會意見的武器，令討論情感本身變得深具知識化的潛能。我讀到「生命連你都不要，還有什麼情理可言？」一句時很觸動，她沒有說「你連生命都不要」，我們重理輕情已久，突然坐在一起討論生命表現為一種傷心，這也很動人。

附錄一

2016 第三屆全球華文作家論壇議程表

論壇時間：2016 年 10 月 22（六）、23（日）日
論壇地點：國家圖書館・國際會議廳
主辦單位：國立臺灣師範大學全球華文寫作中心
合辦單位：國家圖書館
指導單位：文化部、國立臺灣師範大學文學院
協辦單位：普通高級中學課程國文學科中心

十月二十二日（星期六）				
時間	場次	主持人	發表人	題　目
08：30	報　到			
09：00 ｜ 09：20	開幕式暨貴賓致辭			
09：20 ｜ 10：00	主題演講	陳登武 臺灣師大 文學院院長	顧彬 (Wolfgang Kubin) 德國詩人、詩評家	Poetry as express mail – Towards the situation of poetry today
茶　敘				
10：20 ｜ 12：00	向陽論壇	陳義芝 詩人 臺灣師大 全球華文 寫作中心 榮譽顧問	【向陽演講】 時間・空間與人間：我的詩探索	
			許景淳	我讀向陽
			唐捐	銀杏家紋
			林婉瑜	光合作用——讀向陽詩
午　餐				

14：00 ｜ 15：30	夏曼· 藍波安 論壇	鹿憶鹿 作家 東吳大學 中文系教授	【夏曼·藍波安演講】 我的文學創作與海洋	
			瓦歷斯·諾幹	海洋的溫度
			巴代	藍波安他爹
茶　敘				
15：50 ｜ 17：20	梅英東 (Michael Meyer) 論壇	鄭怡庭 臺灣師大 東亞系 助理教授	【梅英東演講】 Following the footsteps of Pearl Buck and Lin Yutang	
			顧玉玲	寫梅英東
			李志德	敘事的追求
18：00	晚　宴			

十月二十三日（星期日）				
時間	場次	主持人	發表人	題　目
08：30	報　到			
09：00 ｜ 10：30	阿來 論壇	洪士惠 元智大學 中語系 助理教授	【阿來演講】 我是誰？我們是誰？	
			梁鴻	阿來：現代「靈性」的建構者
			甘耀明	大智若愚—— 《塵埃落定》的小說敘事美學
茶　敘				
10：45 ｜ 12：15	朱天心 論壇	鍾宗憲 臺灣師大 國文系教授	【朱天心演講】 正路過人間	
			朱國珍	《擊壤歌》的青春座標
			許瞳	青春之舟—— 《擊壤歌》的永恆進行式
午　餐				

14：00	蔡珠兒	徐國能	【蔡珠兒演講】	
｜	論壇	作家 臺灣師大 全球華文寫作 中心執行長	左右人生	
15：30			方梓	寫一冊田地
			鍾怡雯	接上地氣的掌紋—— 論蔡珠兒散文的主題延伸與收攏
茶　敘				
15：50	袁哲生 邱妙津 論壇	須文蔚 詩人 東華大學 華文文學系 教授	胡晴舫	早夭與凋零
｜			伊格言	因為你的身材實在太好了
17：20			黃崇凱	一個關於袁哲生的猜想
			張怡微	「世俗生活」與「生命情理」
17：20 ｜ 17：30	閉幕式	胡衍南 臺灣師大 全球華文寫作 中心主任	潘雪兒	論壇觀察報告
18：00	晚　宴			

附錄二

工作人員名單

▲議事組：
　　胡衍南（全球華文寫作中心主任）
　　徐國能（全球華文寫作中心執行長）
　　羅雅璿（臺灣大學中文系碩士研究生）

▲文書組：
　　許雯怡（全球華文寫作中心行政總監）
　　馬家融（全球華文寫作中心研究助理）
　　簡嘉彤（全球華文寫作中心研究助理）
　　吳怡齡（全球華文寫作中心行政助理）

▲接待組：
　　黃子純（全球華文寫作中心研究員）
　　沈素妙（全球華文寫作中心活動企畫組專門委員）
　　陳明緻（全球華文寫作中心活動企畫組專門委員）
　　楊筱筠（全球華文寫作中心研究助理）

▲義工：
　　吳靜評（臺灣師大國文系助教）
　　劉純妤（臺灣師大共同教育委員會行政秘書）
　　陳　樂（臺灣師大國文系博士研究生）
　　蔡宏杰（臺灣師大國文系博士研究生）
　　蔣沛綺（臺灣師大國文系碩士研究生）
　　蘇于庭（臺灣師大國文系碩士研究生）
　　于　荃（臺灣師大國文系碩士研究生）
　　葉騏睿（臺灣師大國文系碩士研究生）

▲特別支援：普通高級中學課程國文學科中心

▲藝術設計：施亦晴

國家圖書館出版品預行編目資料

紅樓文薈——第三屆全球華文作家論壇文集

胡衍南主編. – 初版. – 臺北市：臺灣學生，2016.10
面；公分

ISBN 978-957-15-1717-9 (平裝)

839.9   105018958

紅樓文薈——第三屆全球華文作家論壇文集

主　編　者：胡　　　衍　　　南
執 行 編 輯：黃 子 純 · 馬 家 融 · 簡 嘉 彤
出　版　者：臺 灣 學 生 書 局 有 限 公 司
發　行　人：楊　　　雲　　　龍
發　行　所：臺 灣 學 生 書 局 有 限 公 司
　　　　　　臺北市和平東路一段七十五巷十一號
　　　　　　郵 政 劃 撥 帳 號 ： 00024668
　　　　　　電　話 ： (02)23928185
　　　　　　傳　眞 ： (02)23928105
　　　　　　E-mail : student.book@msa.hinet.net
　　　　　　http : //www.studentbook.com.tw
本 書 局 登
記 證 字 號：行政院新聞局局版北市業字第玖捌壹號
印　刷　所：長 欣 印 刷 企 業 社
　　　　　　新北市中和區中正路九八八巷十七號
　　　　　　電　話 ： (02)22268853

定價：新臺幣二〇〇元

二　〇　一　六　年　十　月　初　版